びっくり箱殺人事件

横溝正史

角川文庫
23008

目次

びっくり箱殺人事件

作者曰く。この小説の主人公は、諸君も御存じのある有名な人物に似ているかも知れない。しかし、これは決してその人をモデルにしたわけではなく、主人公の言動のすべては作者の空想からうまれたものであり、したがって一切の責任は作者にあることを、一言ここに申上げておく。

第一章　怪物団若返る

さる高名な学者の説によるとある出来事の起るまえに起ったからといって必ずしもまえに起ったそのことは、後に起ったある出来事の前兆とは申さぬ。たとえば——と、その高名な学者先生はおっしゃるのである——自分は明治何年のうまれであるが、自分が明治にうまれたからって、必ずしもそのことは、関東大震災の前兆ではないと。蓋《けだ》し、まことに明々白々たる真理である。

しかしあの晩、梟座《ふくろうざ》の楽屋で起った、あの奇々妙々な怪物団殴られ騒動——あれをしも、なアに、ありゃア君、単にあの事件のまえに起っただけのことさ、ですませるだろうか。いや、どうもそうは思えないのである。あの変てこな、わけのわからぬ怪物団殴られ騒動こそは、後に起ったビックリ箱殺人事件の前兆であった、と、たしかにそう思われるのだが、さて、では、それがどういうふうに結びついているのかということになると、誰にもわからなかった。あのビックリ箱殺人事件が起るまえに、なぜ怪物団諸君が殴られなければならなかったのか、もしそれが後に起った殺人事件の前兆であったとすれば、どういう意味での前兆であったか。――おシャカ様と犯人以外、誰にもそれはわからなかった。そしてそこにこの事件の、なんともいえぬ変てこな味があったわけである。

だが、こういうふうな思わせぶりな書方で読者諸君をつっていくことは、必ずしも筆者の本意ではない。筆者としてはこの物語の本題であるところの、ビックリ箱殺人事件のほうへ、たとい原稿紙の一コマ二コマでも早くとびこんでいきたい。いや少くとも、その事件の前兆であったろうと思われるところの、怪物団殴られ騒動のほうへ、少しでも早く筆を持っていきたいのはやまやまなのだが、やれ待てしばしである。いきなりそれを書いていったのでは、話の筋が混乱するおそれがある。そこでもうしばらく読者諸君に辛抱していただいて、そもそも怪物団とはなんであるか、いや、それよりもまえに、梟座とはいかなるものであるか、まずそれから聞いていただかねばなるまい。

梟座というのは、丸の内にある中位の劇場である。以前は映画が専門で、その映画のあいまにおりおりアトラクションとして、専門のレヴュー団がいとも遠慮がちに手をあげたり脚をあげたり、つまり、レヴューともショーともつかぬようなものを上演していた。即ち、その当時にあっては、映画が主で実演は従であり、したがって専属レヴュー団もまことに微々たるものであった。

ところがである。戦争が終るとともに、がらりと天下の形勢が一変した。第一、主とすべき映画のかずがまことに少い。そこへもって来て、アトラクションの演出が、きわめて自由奔放となった。同じ脚をあげるにしても昔みたいに遠慮をしなくてもよいことになった。大胆不敵に、うんとばかり脚をあげても差支えないことになった。そこで梟座専属の踊子諸嬢も、この時とばかりに脚をさしあげて見せたところが、見物がたいそうよろこんだ。そして映画なんかどうでもよろしい、踊子たちの脚のあげぶりを見にいこうということになったから梟座は以前にまさる大繁昌となり、かつての微々たる梟レヴュー団も、東都演芸界にサクサクたる名声をはせるにいたった。いやそれのみならず一座のスター紅花子嬢のごときは、脚のあげかた抜群であるというので、忽ち天下の人気者となってしまった。即ち、ここに於て梟座では、断然実演が主となったわけである。

そこで機を見るにビンなる梟座の興行主任熊谷久摩吉氏が、この機をはずさず一大グランドレヴューによって、東都興行界を席巻せんものと、企画部の田代信吉や、レヴュー作者の細木原竜三と鳩首《きゅうしゅ》協議の結果、デッチあげたのが「パンドーラの匣《はこ》」梟座の予告を見ると、豪華絢爛《けんらん》たる百万ドル・レヴューだそうである。

そこまではよかった。ところがである。この豪華絢爛たる百万ドル・レヴューの舞台稽古を見ているうちに、さしも心臓をうたわれる熊谷久摩吉氏も、しだいに心細くなって来た。百万ドルは百万円の間違いであるとしても、なおかつ少々お寒いように思われて来た。しかも今度はこれ一本で、二十日間押してみようという企画だけに、いっそう心細くなって来た。つまり自信がぐらついて来たのである。そこで企画部の田代信吉や、レヴュー作者の細木原竜三と、改めて鳩首協議の結果、やがていかなる名案をえたのか、熊谷久摩吉氏はたと膝をたたいて、

「よろしい。それでは私がじきじき出向いて交渉してみよう。なに大丈夫、先生はそれほど忙がしいという体じゃなし、それに私がいけば、まさか首を横へはふらんだろう。細工はリュウリュウというところだ。まあ、安心したまえ」

と、ばかりに満々たる自信をもって、やって来たのが、吉祥寺にある深山幽谷先生の住居である。

「つまりですな。『パンドーラの匣』――ええ、もうそれだけで十分自信はあります。きょうも稽古を見て来たんですが、そりゃア素晴らしいもので、それだけでもう十分観客を吸収する自信はあります。が、たとえにもいうとおり売物には花。錦上さらに花をそえるために、ぜひとも、先生に一役かって戴きたいんで」

「ははア、なるほど」

と、そのとき幽谷先生少しも騒がず、ムササビのような顔をなでながら、

「つまりなんですな。錦上さらに花をそえるために、おたくのレヴューに私に出演しろ

と、こうおっしゃるンですね。そりゃア、おたくのレヴューが錦であることはよく承知しておりますが、この私が花とはちとどうも……はっはっは」

と幽谷先生がらにもなく謙遜した。

「いや、そんなことはありません。先生はなにしろ当代の人気者ですからな。先生のカンバンが一枚加わると加わらんとでは、大きなちがいがあります。実を申しますと、うちの専属だけではちと心細いんでして……なにそれだけでも十分に観客は吸収してみせますが、やはり実は心細いンでして……」

熊谷久摩吉氏、どっちがどっちだかわからんことをいう。

「ええ、そりゃアまあ、出ろとおっしゃれば出ますがね。幸い、来月はからだもあいてるし……しかし、私にゃア脚はあげられませんぜ。いや、それも強いてあげろとおっしゃれば、あげて見せんこともありませんがね、私が脚をあげた日にゃ、せっかくつめかけてるお客さんまで逃げ出しちまうおそれがある」

幽谷先生、案外正直である。

「いえもう滅相な。先生に脚をあげていただこうなんて、そんな大それた野望は毛頭ございませんので……実は、先生にお願いしたいと申しますのは……」

と、そこで熊谷久摩吉氏が、ひらき直っての交渉というのはこうである。

そもそも――と、熊谷久摩吉氏はそこで咳払いをすると――戦後における人気の王者はなんと申してもスリラーである。映画もスリラーなら小説もスリラーでなければ夜も日も明けぬという奇観を、目下この国は呈しとるデス。そこで私がつらつらと考えたのでありますが、このスリラー味をもって錦上さらに花を添えたらどんなものであろうか。つまり百万ドル・レヴュー『パンドーラの匣』のなかへ、ところどころスリラーを織りこんでいったら、どんなものであろうか。――

「つまりですな。ゴーカケンランたる『パンドーラの匣』のなかへ鬼気肌にせまるというようなスリラーをないまぜていく。奇麗な女の子が肌もあらわに脚をあげる、そのあいまあいまに、先生ならびに先生の御一党のかたがたに、夏なお寒きスリラーを演じていただく。……と、こういう企画なんですが、どんなものでしょうか」

「なるほど、対照の妙をえておりますな」

幽谷先生は素顔でも鬼気肌にせまるような顔を、さらに鬼気肌にせまるが如くしかめて見せた。

「つまりわれわれは、おたくの諸嬢の奇麗なところを、いやがうえにも奇麗たらしめんがために出る、つまり引立て役みたいなもンですな。いや、なに、結構です。企画としてはたいへん結構ですから、やらんこともありませんが、で、台本は……？」

「さア、それがですね」

と、熊谷久摩吉氏は頭をかいて、

「実はそれも先生にお願いしたいと、こう思っているンですがね。聞けば先生はちかごろスリラーにたいへん御興味を持っていられるそうで……現に、そういう小説も二、三お書きになったということを伺っております。そこでことのついでに台本のほうも先生に書いていただく演出も先生にお願いする。つまりスリラーの部分は、全部先生におまかせしたい、と、こう思っているしだいなんで」

「私が台本を書く……？　そしていったい初日はいつなんです」

「それがその……来月の一日からなんで」

「来月の一日？　熊谷さん、あんた頭がどうかしてやアせんかな。来月の一日と、えろう気安くおっしゃるが、来月の一日といえばあと三日しかありませんぜ。そのあいだに台本を書いて、稽古をして、舞台へ出る……？　ふうん……じゃな」

と、ここにいたって幽谷先生は愕然たるかおつきとなったが、ここでちょっと幽谷先生とはいかなる人物であるか、それを紹介しておくことにしよう。

世間の評判によると、幽谷先生は昭和の蜀山人だということである。蜀山人はたいへんな勉強家で、たいへんな物識りだったということだが、幽谷先生もたいへんな勉強家で、たいへんな物識りである。蜀山人はたいへんな酒仙であったということだが、幽谷先生も人後に落ちぬ酒仙である。蜀山人はたいへん飄逸洒脱《ひょういつしゃだつ》な人物のごとく伝えられているが、その実、たいへん常識円満な謹直居士《こじ》だったということだが、幽谷先生もそのとおり、世間ではたいへん飄逸洒脱な人物のごとく信じているが、その実、たいへん常識円満な謹直居士である。

このことは幽谷先生の経歴を一瞥するとただちに判然する。幽谷先生ははじめ映画館の解説部員、映画説明者、ひらたくいえば活ベンであった。ところが押しよせるトーキーの波に、活ベンなる人種がこの世に存在しえないという事実が判明すると、先生は役者になった。映画にも出るし、舞台にも立つ。そのかたわら筆をとって小説も書くし随筆も書く。戦後は探偵小説も書いている。その他、昔とった杵柄《きねづか》で、ラジオ放送はお手のものだし、寄席へもちょくちょく出る。まことに多芸多能である。しかも、どの方面においても斯芸一流の域に達しているが、いまだかつて、大向うをわっとうならせるような、ハナバナしさを経験したことはない。これ即ち、幽谷先生の教養のしからしむるところだが、ひとつには、飄逸洒脱の裏がわにある常識円満なる謹直性が、先生をして、わっと大衆をわかせるような、ケレンを演ぜしめないからである。その代りに、線香花火式の芸人諸君とちがって、先生の人気はいつまでたってもおとろえない。常にある程度の人気は維持している。ちなみに幽谷先生は当年四十九歳――もっともこれは数年まえからそうだそうで先生は断然五十にならんことに極めてるのだそうである。

さて、その幽谷先生が愕然として声もなくひかえていると、そのときやおら、かたわらから膝をすすめた妙齢の美人がある。

「さっきから、お話はお伺いしましたが、するとうちのセンセが自作自演で、そして演出ということになるのでございますわね」

「ええ、まア、そういうことにお願いしたいと思っておりますンで」

「つまり作者と、監督と、俳優の一人三役ですわね。そうしますと、報酬のほうも、もちろん、そのようにお願い出来るンでございましょうね」

「ええ？　え、ええ、それは、もちろん……」

「それにこういう急ぎの仕事の場合、うちの先生はいつも多少色をつけていただくことにしておりますンですが、それも御承知でございましょうねえ」

ここにいたって熊谷久摩吉氏も、いささかどぎもを抜かれたかたちであった。

「わっ、こ、これは手きびしいですな。お嬢さん、そ、それは……」

「あらあたしお嬢さんなどと呼んでいただきたくはございません。わたくしマネージャーの深山恭子でございます。どうぞそのおつもりで……パパあら、いいえ、センセ、熊谷さんがうんとフンパッして下さるそうですからひとつ無理でもお引受けしてさしあげたら……報酬のほうはのちほどあたしが熊谷さんと御相談して、はっきりきめていただくことに致しますから」

これが幽谷先生のひとり娘恭子さんである。

鳶《とび》が鷹《たか》をうむという言葉があるが、幽谷先生はそれを実演したのであるというのが、もっぱら世間の評判である。ことほどさように恭子さんは美しい。と、いうことはことほどさように幽谷先生は美しくないということになるが、先生もまた世間なみの親馬鹿であるから、別に気にもならない。恭子さんは美しいのみならず聡明である。しかしこの点に関する限り、幽谷先生は鳶鷹伝説に対して大いに不満を感じている、恭子さんの聡明さは、もっぱら自分からの遺伝であると、かたく信じて疑わないからである。

さて、恭子さんがいかに聡明であるか、それは父幽谷先生の、マネージャーをつとめてあやまたざる一事をもってしても判然としている、もっとも恭子さんが強引に、父幽谷先生のマネージャーに就任したのはごく最近のことに属する、それまでは別にれっきとしたマネージャーがあった。ところがこのマネージャー氏いささかだらしがなくて、しばしば幽谷先生の金を使いこむばかりか、酔っぱらうと、あっはっは、うちの幽谷かあれはダメじゃよ、などと不遜の言辞を弄する習癖があった。幽谷先生はもとより襟度大海の如きものであるから――と、いうよりも襟度大海の如く見られたいという虚栄家であるから、しょっぱい顔をしながらも、歯牙《しが》にもかけんようなふうをしていたが、おさまらないのは令嬢の恭子さんであった。きりりと柳眉を逆立て、再三父の考慮をうながしたが、先生がいっこう煮え切らんのを見ると業を煮やして、ついにみずからマネージャー氏をチョンにして、さっさとその後釜に就任してしまった。このあざやかなお手盛りには、さすがの幽谷先生も驚いたが、なに、一月もすれば悲鳴をあげるさと、たかをくくっていたところが、なかなかどうして人は見かけによらぬものである。恭子さんのマネージャーというのが恐ろしく凄腕なのである。

　幽谷先生の如きはたちまちノックアウトされちまってちかごろではマネージャーのいうことなら唯々《いい》諾々《だくだく》である。それもその筈で、どんな悪質の興行師、出版屋、新聞雑誌記者諸公をむこうにまわしても、一歩も退かず、ちょうちょうはっしとわたりあうという心臓だから、幽谷先生の鼻面とって引きまわすぐらいのことは朝飯前であったろう。

だが、こういったからとて、恭子さんをアマゾンの如く誤解してはいけない。彼女がギャングとわたりあうところを見ていると実に愉快である。いついかなる場合でも、彼女は決して色をなさない。いとおだやかな微笑をたたえ、応対ぶりのもの柔かなる、しかも弁舌流るる如く要をえて辛辣《しんらつ》をきわめるのだから、とんと「金色夜叉《こんじきやしゃ》」の赤樫満枝であるわいと、父幽谷先生も舌をまいて驚嘆しているしだいである。

さて、これでだいたい幽谷父子の紹介もおわったから、もう一度、熊谷久摩吉氏との応対にもどることにする。

「そりゃアもう、こうしてマネージャーのお許しも出たことだから、わたしも大いにやらんことはないが、何んと申してもあと三日というのじゃねえ」

「そこをなんとかして……こっちもせっぱつまっているンですから」

「しかし、さっきのお話によると、わたしごときが錦上さらに花をそえンでも、十分観客を吸引する自信はおありのようですが」

幽谷先生もひとが悪い。

「そ、それはそうですが、売物には花……弱ったね、どうも、お嬢さん、いや、深山マネージャー、あなたからもひとつ先生にお願いして下さいよ」

「ええでも、これはセンセのおっしゃるのが無理はありませんわ。なんぼなんでも三日ではね。うちのセンセは機械じゃありませんし、それにこのところ、仕事がとてもたまっておりますのよ。小説が三つに随筆が五つ……ええ、どれものっぴきならぬお約束のものばかりでしてねえ。でも……ね、たとえにも申しますでしょう、魚心あれば水心……と。あら、それがわからぬ熊谷さんじゃない？　ああら、そうですの。ほっほっほ。パ……いえ、あのセンセ、熊谷さんもせっかくああおっしゃるのですからここはひとつ御無理でもお引受けしてあげたら、原稿のほうはあたしなんとか〆切をのばしていただきますわ」

恭子さんは大いに赤樫満枝ぶりを発揮する。

ここにおいて幽谷先生、しばし沈思黙考していたがやがてはたと膝を打ち、

「それではこうしましょう。まさか三日で新しく書下すことは出来ませんから、ひとつあうものを綴りあわせることにしましょう」

「ええ、そんなうまくあうものがありますか」

「さよう、だいたいが『パンドーラの匣』でしょう。そもそもパンドーラというのは、ギリシャ神話に出て来る女性で、人間が天の火をぬすんだ罰として、神様がつくってよこされた、人類最初の女ということになっておりますな。パンドーラはエピミシュースという人間の細君になった。ところがこのエピミシュースのうちには、決して開いてはならぬという匣がひとつあったが、女というやつは馬鹿だから」

「センセ」

「いや、なに、女というやつはすこぶる好奇心にとんだ動物だから、開けるなといわれるとよけい開けてみたくなり、ついにある日良人エピミシュースの留守中にその匣をひ

らいた。そこで匣のなかに封じこめられていたもろもろの禍がこの世にとび出し、おかげでわれわれはいまこうして、敗戦の憂目をなめている、と、こういうことになっております」

幽谷先生はここでちょっぴり、物識りの一端を披露におよんだ。

熊谷久摩吉氏はもとよりそんな詳しいことは知らんが、

「なるほど、なるほど、それで……？」

「それでですな。今度のレヴューでもむろんパンドーラが匣をひらくところがあるんでしょう。なければひとつ入れてもらうんですな。さてパンドーラが匣をひらくと同時に、もろもろの禍とともに、ここに数名の怪物がとび出しますな」

「ははア、なるほど、で、その怪物というのは？」

「まず、第一にフランケンシュタインに出て来る人造人間、ボリスカーロフのやった役ですな」

「なアるほど、それから」

「『ジイキル博士とハイド氏』のハイド氏などもいいですな。それから『ノートルダムのせむし男』のせむしのカジモド。もっとないかな」

「センセ、キングコングなどいけなくって？」

「キングコング――大いによろしい。ええとそれで何人になるかな。フランケンシュタインにハイド氏にせむしのカジモド、キングコングと四人ですな。もう一人ぐらいほしいのだが――そうだ、これは近ごろのファンにはお馴染みがうすいが『カリガリ博士』のねむり男を登場させよう。これで五人ですな。この五人がせいぜい物凄いところを見せて、大いに見物のシンタンを寒からしめる。つまり鬼気肌をさすちょう扮装をもってさんざんお客さんを寒がらせたり暑がらせたり、いろいろあったのちにこのわたしがカリガリ博士となって登場する。そして、エイッとばかりに気合いをかけると、とたんにくだんの五人の怪物たち、忽ち善心に立ちもどる。と、同時に眉目秀麗《びもくしゅうれい》の――いや、眉目秀麗はちと無理だが、とにかく紳士と早変りして、そしておたくの奇麗な諸嬢と手を組んで、唄かなんか唄ってフィナーレ。と、こういうのはどうでしょうな」

さすがは幽谷先生である。たちまちにして映画仕立ての大傑作が出来あがったから、熊谷久摩吉氏は、

「奇妙奇妙！」と額を叩いてよろこんだ。このひとはよろこぶと「浮世床」か「八笑人」中の人物の如き口のききかたをするくせがある。

「つまり、怪物団若返るですな。よろしいッ。それにきめました。ついでに先生、配役のほうも先生の御一党のほうでどうぞよろしく」

と、こういうわけで、梟座のレヴューのなかに、深山幽谷先生とその一党が、映画仕立ての怪物団となってあばれることになったのだが、この企画はたしかに当った。まさか熊谷久摩吉氏のいうように、東都興行界を席巻するというほどには参らなかったが、とにかくその月の都下各劇場中では、一、二を争う興行成績をおさめた。いや、おさめ

るかの如く見えたのだが、好事魔多し、はしなくもここにひとつの椿事《ちんじ》が持上ったというのは、つぎに述べるようなしだいである。

殴られるあいつ。それは初日から七日目のことである。七日目といえば舞台もイタについて、ようやく油の乗って来るころである。ことにこの興行大当りと来ているから、幽谷先生のハリキリかたもひととおりではなかった。そこでその日も早目にカリガリ博士の扮装をすまして、出のキッカケを待っていた。カリガリ博士は序幕から登場する。いや、カリガリ博士のみならず、怪物団諸公は全部序幕で一応顔を見せることになっている。と、いうのは最初にプロローグとしてパンドーラが匣をひらくところを見せることになっているからである。

さて、こしらえをすませた幽谷先生、おもむろに出の報らせを待っていたが、そのうちに生理的要求を催して来た。先生自身は万年四十九歳で頑張るつもりでも、よる年波には勝てないと見えて、ちかごろとかく催すことが頻繁である。そこで先生、顔をしかめながら楽屋を出ると、よたよたと階段をおりていった。ところで、梟座の楽屋というのがまことに暗いのである。熊谷久摩吉氏の如きはつねに梟座の近代的設備を云々しているが、実をいうと、熊谷氏の近代的設備というのは、二、三十年まえの近代的設備である。そこへもって来て、ちかごろの電力不足で、楽屋まで電力がまわらぬと見えて、そのほのぐらきことは、とんと田舎の芝居小屋の奈落さながらである。幽谷先生はそういう薄暗い階段を、ヨタヨタとおりていったが、するとそのとき、どこかでキャッ、ドスンというような悲鳴と物音があいついできこえたのである。

はてな、大道具でも倒れたかな。——幽谷先生は別に大して気にもとめずに、暗い階段をおりていくと廊下の角を曲がろうとしたが、とたんに、

「タハハー」

と、うしろへひっくりかえったのである。

それは一瞬の虹のようなものであった。何やら黒い影がちらと眼底をよこぎったかと思うと、幽谷先生は物凄いパンチを顎へくらったのである。つまり、手っとり早くいえば廊下の曲り角にかくれていた人物に、いきなり殴られたということになるのである。幽谷先生は尻餅をついたまま呆気にとられたようなかおをして眼をパチクリさせたからといって、何も見えるわけではない。一瞬の火花が両眼からとび出したあとはいかの墨のような黒雲が、もくもくと涌出して来て体が難破船に乗っているみたいにふらふら揺れた。つまり、これを手っ取り早くいえば、先生グロッキーになったのである。ところが、そうして先生が尻餅をついたまま茫然としているところへ、よたよたとした足音がきこえて来たかと思うと、いきなり誰かが先生につまずいて、ふたつのからだがもろに廊下に投げ出された。

「だ、だ、誰だッ、そんなとこにいるのは?」

自分からつまずいたくせにその男、ひどく偉張りかえっている。幽谷先生はかさねがさねの災難に、腰を撫でながら起きなおると、

「ああ、そういう声は灰屋銅堂君じゃな」

「そうだ。おれは灰屋銅堂だが、そういうおまえは誰だッ」

どうやら相手も眼が見えんらしい。

「わしか。わしは深山幽谷じゃよ」

「嘘をつけ！　ちがうぞ、幽谷先生はそんな声じゃないぞ」

相手の疑いももっともで、そのときの幽谷先生の声は、さながら深山幽谷から吹きおろして来る空っ風みたいであった。

「いや、わしはたしかに幽谷じゃよ。実は入歯をとばしたんでな。灰屋君、すまんがその辺に入歯が落ちておらんか探してくれたまえ」

「ああ、やっぱり幽谷先生でしたね。これは失礼。すると先生もいまの奴に……」

「あっはっは！　やられた。君もかね」

幽谷先生やっと眼が見えるようになったが、とたんにプッと吹出しそうになるのをあわてておさえた。先生が笑いをおさえたのは、必ずしも相手に遠慮したからではない。実は顎がいたくて笑えなかったのである。

ところで灰屋銅堂君だが、これがなんともはや、形容に苦しむ顔をしているのである。灰屋銅堂君も怪物団のひとりで、役はハイド氏である。この一役をもって、満都の人気をひっさらうつもりだから、大凝りに凝ったその扮装の物凄いことといったらなかったがさらにいまや半面ブチとなっているのだから錦上さらに花を添える物凄さであった。

さて、灰屋銅堂君もようやく眼が見えるようになったらしい。

「あっはっは、先生、その顔は……（ガリガリ）あっ、いけねえ、先生の入歯をふんじゃった」

「ひどいことをするねえ。君は……？　あれほど頼んでおいたのに……まア、いいや出来たことは仕方がない。ところで灰屋君、相手は何者じゃね」

「先生も御存じないンですか」

「君も知らんのかね」

「わたしはねえ、ここでタハハ、ドスンという音がきこえたものだから何事ならんとあわてて駆けつけて来ると、いきなり暗がりからもろにアッパー・カットをくらっちゃったので……」

「相手の正体を見のがしたことは、お互いに不覚のいたりじゃね。だが……」

と、そこでふいに幽谷先生はぎょくんとしたように立上った。

「せ、先生、どうかしたんですか」

「ふむ君のやられたのがぼくよりあととすると、ここにもひとり被害者があるはずじゃよ。わしがやられるまえにギャッ、ドスンという声がきこえたからね。灰屋君、こっちへ来たまえ」幽谷先生はどうやら生理的要求を一時わすれたらしい。灰屋銅堂君とともに、薄暗い舞台裏へまわってみると、向うに誰やらうずくまっている。

「だ、だ、誰だ。そこにいるのは？」

「ああ、幽谷さん。ショーグンが倒れてるンですよ」

「ああ、そういう君は半紙晩鐘君だね。ショーグンが……？」

「あっはっは、晩鐘さん、あんたもやられましたね。眼のふちにブチが出来ていますぜ」

　半紙晩鐘君はせむしのカジモドである。これまたハイド氏に負けず劣らずの物凄い扮装だが、眼のふちに黒い痣《あざ》が出来ているところも、負けず劣らずである。

「すると、あんたがたも……しかし、わたしは軽いほうです。ショーグンはこのとおり呼べど叫べどなんですよ。このまま、死んじまうンじゃないでしょうか」

　フランケンシュタインの蘆原小群は、これまた、半面ブチになって、仰向けにふんぞりかえったまま物凄い唸りごえをあげている。幽谷先生も心配がおにひざまずいたが、すぐ、かんらかんらと打ちわらった。

「晩鐘君、心配御無用じゃ。ショーグンはやられたことはやられたらしいが、かくのとおり正体がないのは、どうやら先生、きこしめしているらしい。この酒臭い息を見たまえ、しかし、それにしても、われわれ四人が揃いも揃ってやられるとは……」

「はて、面妖な、ですな」

「灰屋君、こりゃア冗談をいってる場合じゃないかも知れんぜ。ひょっとするとあとのふたりも……」

　幽谷先生は世にも深刻なかおをしたが、果せるかな、残りの二人、キングコングの柴田楽亭、一名シバラク君も、ねむり男の顎十郎も、同じ正体不明のゲリラの襲撃をうけてグロッキーになっていたのである。

第二章　オペラの怪人

さて、ここで一おう幽谷先生の一党について説明しておこう。もっとも一党と申しても、幽谷先生は一座を組織して本邦演芸界に革新の旗印をあげようなんて野心家ではないから、つねに固定した顔触れがあるわけではない。ただなんとなくうまがあって、気があって、そのうえ酒飲み友だちで……と、そういったふうな芸能人の仲間を、幽谷先生はかなり沢山持っている。どうせ幽谷先生と、うまがあって、気があって……というような人物だから、それらの連中、概してあまりハナバナしくない。芸からいえば、みんな器用な連中だが、その器用さが皮肉である。同じ皮肉でも、幽谷先生みたいに物識りで、教養が身についていれば、また取柄もあるが、残念ながらそこまではいかない。つまりハンパ者なんである。されば、虚名は案外天下にとどろき知られているが、概して売れない連中である。幽谷先生、それをあわれんで……と、いうわけかどうか知らぬが、チャンスがあれば、出来るだけそういう連中を売込むことにしている。自分を買いに来る興行師があると、なんとかかんとか口実をつけて、出来るだけ多量にそういう連中を引率していくことにきめている。そこでいつの間にやら東都興行界の一方に、深山幽谷とその一党の芸能人組合みたいなものが出来たが、これはちょっと便利な組織なのでちかごろはちょくちょく、あちこちから口がかかるのである。但し、幽谷先生、自分が口を利いたからって、カスリをとろうの、ピンをいこうのなんて浅間しいかんがえは毛頭持っておらんから、この点は感服してもよろしい。幽谷先生は物識りだから、日本人たるものおしなべて、一日でも働かざれば、忽ち玉葱だの筍《たけのこ》だのという、隠花植物にテンラクせざるを得ん時代であるということを、かしこくも、ちゃんと洞察していられるのである。

さて、前置きがはなはだ長くなったが、この度の梟座の興行において、幽谷先生が斡旋の労をとった連中というのはつぎの五名なのである。

まず、第一が蘆原小群。このジンは昔々その昔、日本映画に女形なるシロモノが存在していたころのメイ女形だったそうだから、幽谷先生よりははるかに先輩である。

そうだなどと失礼な文法を使用する所以は夫子自身その当時、お宮だの浪サンだのに扮して、天下の子女に大々的に紅涙をしぼらせたと称しているのだが、不思議に誰もそういうたぐいのものを見た記憶を持っているものがないからである。もっともその頃は、蘆原小群などというフザけた名前ではなくて、なんとか何哉というような、名前をきいただけでも、女の子がボーッとしそうな名前だったそうである。しかるにその後、映画界から女形なる存在が追放されるに及んで、旅廻りの役者となり、依然としてお宮だの浪サンだのと申す新派大悲劇をもって、津々浦々まで遍歴したが、ときよ時節である。

これまたしだいに剣劇と称するシロモノに押される羽目に立ち至ったので、一念発起、ふたたび映画界に返り咲いて、ガゼン蘆原小群となった。むろん今度は女形ではない。時代劇の三枚目である。つまりお宮変じて伴内となったわけだ。このへんからが蘆原小群も有史時代に入るわけで、ひところ蘆原小群の三枚目といえば、名声天下にあまねかったものだが、このひとにはひとつ悪い癖がある。たいへん酒が好きなのである。しかも酒癖が悪い。但しこれはぜひともショーグンのために弁じておかねばならんが、酒癖が悪いと申しても、飲むほどに、酔うほどに、色が蒼白んで、眼がすわって、おいおい凄んで来るなどというたぐいではない。このひとのは、酔うとシャックリが出るのである。これは昔からの癖だそうで、旅廻りの女形をしているころも、逗子の浜辺で浪サンが、

「あなた、ヒクッ、早く、ヒクッ、かえって、ヒクッ、ちょ、ちょ、ちょ、ヒクッ、ヒクッ、ヒクッ」

なんてことがしばしばあったそうである。しかも、この癖、老来ますます頻繁となって来たから因果である。ちかごろでは映画もトーキーだから、台詞のあいだに、そうむやみ矢鱈と、ヒクッ、ヒクッ、ヒクッを連発されては、N・Gが出て困るというところから、ついにどこの会社からもチョンとなった。それを深山幽谷先生がひろいあげたということだが、幽谷先生も一応先輩の礼をとっている。

さて、そのつぎにひかえたのは半紙晩鐘。このひとは蘆原小群ほどのコットウ品では

ない。年齢も幽谷先生よりだいぶ若い、多分四十二、三じゃろう。何んでも浅草オペラ華かなりしころの人気テナーだったそうだが、不思議なことにオンチである。唄を唄わせると実に微妙な音を発する。半音の半音の半音なんて音を出すかと思うと、ガゼン数オクターブ下ったりする。懸河《けんが》の如きドロップである名説自性、まったく半死半生の唄いぶりというべきだが、本人みずからいうところによると、たしかに昔は名テナーであった。そして女の子からファン・レターの来ること、あだかも助六における煙管《きせる》の雨の如きものがあったといっているが、あるいはそうかも知れぬ。気性だけは助六に似て、いまでも恐ろしく喧嘩っぱやい。但し、勝ったことは一度もなくて、常に半死半生にノサれちまいそうである。

さて、三番目に御紹介申上げるのは柴田楽亭、一名シバラク君。このジンもだいたい晩鐘君と同年輩だが、前身は寄席の芸人であった。但し寄席の芸人といっても落語家ではない。白刃を数本高座へ持出して、三味線にあわせて曲取りをすると、そばからコンビが、はっ、あのとおりなどと宣伝する、つまり丸一の神楽みたいな芸当である。何んでもシバラク君の宣伝するところによると、当時かれはたいへんな好男子だったそうである。そのために女出入りの絶え間がなかったが、中にたったひとりだけ、シバラク君のほうからも真剣に惚れた女性があった。女のほうがシバラク君に惚れていることはいうまでもない。このためあるときシバラク君に小指を切って送って来た。人生意気に感ず。シバラク君もこの贈物に感激して、やわか劣らじとエエイッとばかりに自分も指を切ったが、小指は月並みであるというので、左の親指を切って送った。ところが後で気がついたが、親指がなくては白刃のあや取りも困難である。そこで高座から引退せざるを得ぬ羽目に立ちいたったが、これがケチのつきはじめで、間もなく二世をちぎったかの麗人も腸満とやらいう病気ではかなくなった。ここにおいてシバラク君、ウッウッとして世を楽しまず、酒に親しむようになったが、その酒が利いたかして、あれよあれよという間に成長して、現在の如きあっぱれ偉丈夫になったのである。と、いうのがシバラク君の好んで話したがる身のうえ話だが、まったくよく育ったもので、六尺豊かの縦横そろった体格は、まことに威風堂々たるものである。しかし、世の中には何事にもあれ、ケチをつけたがる人物があるもので、シバラク君の親指をうしなったいきさつにしてからが、かれが語るが如くロマンチックなものではない。あれは戦争中、さる軍需工場へ徴用されていた際、機械にかまれたのである、などと逆宣伝をする連中があるそうだが、ここでは一応シバラク君の言を信用しておくことにしよう。

さて、四番目は灰屋銅堂、このひとは晩鐘君やシバラクさんから見るとまだ若い。三十五、六というところである。前身は活ベン、即ち幽谷先生の後輩であった。但し、この人の活ベンとしての経歴はまことに短い。と、いうのが、灰屋銅堂の名声、いままさに天下をおおわんとするせつな、渡来して来たのがトーキーである。全国の映画説明者、クビをならべていっせいに、ギロチン上の露と消えたが、いったいがこの銅堂君、さっき幽谷先生の入歯を踏みくだいた手並みでもわかるとおりいささかそそっかしいところがある。その節も活ベン諸君のストライキに、先頭に立って活躍したのはよかったが、あるとき、トーキー反対飯よこせなどというプラカードを押し立てて、意気揚々デモの先頭に立っていたところが、見物の群集がみんなプラカードを見て、ゲタゲタ笑った。はじめのうちは気がつかなかったが、あまり見物が笑ったので不思議に思ってプラカードを見直すと、あにはからんや、それは淋病の薬の看板であった。即ちスト本部の隣りに薬屋があって、そこに出ていた看板を、つい間違えてかつぎ出したというわけだが、おかげでこのスト惨敗に終った。と、いう美談の持主である。

さて、どんじりに控えしは顎十郎君、このひとは五人のなかで一番わかく二十六、七というところである。幽谷先生にとっては子飼いの弟子で、その昔、幽谷先生がベン士として名声サクサクであったころ、百夜通ってついに弟子入りしたという人物である。その後、時に利あらず幽谷先生もベン士の足を洗わざるを得ない羽目に立ち至ったが、依然として弟子は弟子である。なんでも弟子入りしたころは、文字どおり紅顔の美少年だったということだが、その後すっかり育っちまった。わけても、ものの見事に成長したところはその顎で、実に雄大なものである。あるとき幽谷先生がメートル尺で測量したところが、額から口までよりも、口から下の方が十二ミリ長かったそうである。しかも、この顎たるや、外観が雄大なるのみならず、ときどき凡人には及びもつかぬ芸当を演ずることがある。但し、このことは当人が真言秘密とかくしているところだから、いずれ機会があったら申上げるとして、ここでは触れないことにしておこう。ちなみに、顎十郎というのはさる捕物小説に出て来るのだそうで、この小説が評判になったのに感奮してみずからとってもってわが名としたのだそうである。以前はむろん、もっとしおらしい名前がついていたのである。

さて、人物紹介がはなはだ長ったらしくなったが、ついでにこのひとたちの役割を書きしるしておくことにしよう。

蘆原小群　フランケンシュタイン
半紙晩鐘　せむしのカジモド
柴田楽亭　キングコング
灰屋銅堂　ハイド氏
顎十郎　睡り男
幽谷先生　カリガリ博士

と、いうわけだが、こういう連中がいっせいにノックアウトされてブチになったというのだから、さあ、ただではすまない。幽谷先生の楽屋は、ケンケンゴウゴウたるものだ。

「マネージャー、こ、これはいったい、どうしたというンですな、なんの遺恨があって、われわれは殴られねばならんのですか」

「とにかく驚きましたな。ここの楽屋にゲリラがいるというのはおだやかでない」

「ぼくはそれでも、ゴングの鳴るまえに起きなおったが、顎さんは完全にノックアウトだね。ぼくは十かぞえてやったですよ」

「いや、御親切に有難う。とにかく、テキは拳闘のグローヴをはめてたですね。しかも、それがただのグローヴではない。わたくしのにらんだところでは、グローヴの下にメリケンをはめてたにちがいないと思われるんですがね」

「パ、パルチザンじゃよ、ヒクッ、ヒクッ、だしぬけに、ヒクッ、くらがりから、ヒクッ、と、とび出しましてな、ヒクッ、がんとやられたときには、ヒクッ、百花リョウランと、ヒクッ、さ、咲乱れましたな、ヒクッ、いや、眼の中にですよ、ヒクッ、とにかく、これはよくよく究明してもらわんと、ヒクッ、ヒクッ」

これを発声順にいうと、半紙晩鐘、柴田楽亭、灰屋銅堂、顎十郎、蘆原小群ということになる。

「いや、どうも驚きましたな。め、滅相なここの楽屋にゲリラ部隊を養成してあるなんて、そんな馬鹿なことはありませんよ」

騒ぎをききつけて駆着けて来たマネージャーの熊谷久摩吉氏も、すっかり面食《めんくら》って、周章狼狽というていたらくである。

「しかしですな、熊谷さん」

と、おもむろに口をひらいたのは幽谷先生である。さすが温厚な先生もかかる奇怪な闇討ちに出会っては、いささか腹の虫がおさまらない。少し高飛車に出たいのだが、何しろ入歯をとばしてしまったのだから甚だ工合いが悪い、威厳をとりつくろうにも、恰好がつかない、そこで出来るだけおだやかにもぐもぐいった。

「こうしてわれわれ一党が、そろいもそろって襲撃をうけるというのは、ちとどうも変でな。これはどうかんがえても、とくべつにわれわれに反感ないしは敵意をふくむものがここの一座にいるとしか思えませんな」

「め、滅相な、そ、そんなはずはありません。あなたがたに対して、反感ないしは敵意をふくむなどとは……それは、先生、誤解の最たるものですよ」

「しかし、マネージャー、げんにぶンなぐられたのは、われわれの一党だけでしょう。してみれば……」

「いや、それがちがうンで……そう、お思いになるから誤解が起るンでして……殴られたのはあなたばかりじゃないンです。実はほかにも被害者があるンですよ」

「ヒェッ！」

と、一同は思わず支配人の顔を見直した。

「熊谷さん、するとわれわれのほかにも、お仲間があるというンですか」

「そうなんですよ。企画部の田代信吉君と作者の細木原竜三君、このふたりがやっぱりやられましてね。わけても細木原君の如きは目下昏睡状態なんですよ」

「さあてね」

と、ここにいたって一同はふたたび顔を見合せた。幽谷先生も眼をまるくして、

「へへえ。するとわれわれ以外にも、尊い犠牲があるというわけですな。そうなると、

わたしもいささか心強くなるが、すると被害者はここにいる六人のほかに、田代君と細木原君、つごう八人というわけですか。ところで熊谷さん、犯人の心当りはありませんか」

「それが一向ありませんのでね。細木原君はいまだ昏睡状態だから、訊ねるに由なしですが、田代君の説によると、くらがりでいきなりやられたので、てんで相手の様子を見るひまがなかったといってるンですが、あなたがたはいかがですか。誰かひとりぐらい、相手の正体を見たひとが……」

「それがねえ。そういわれるとはなはだ面目しだいもないことだが、誰ひとり、テキの正体を看破した人物がおらんのでしてな。これだけ豪傑がそろっていて、まったく意気地のない話だが……」

「意気地がないったって、幽谷さん、闇夜の礫《つぶて》は防げませんや、あらかじめそうと覚悟をきめていたら、むざむざこんな敗北はとりません。とっちめて、半死半生にしてやるんだった」

晩鐘君がいきまいた。

「そうそう、君の武勇伝を拝見出来なかったのは千載の恨事ですな。しかしマネージャー、犯人はわからんとしてもですね、何かこれには仔細があるにちがいない。ただ、わけもなく、ひとつぶン殴ってみたくなるなんて道楽もないでしょうからね。それともこの小屋には、そういう兇暴性をおびた興味を持つ人物がおりますかね」

「め、滅相な。ここは精神病院じゃありませんからね、そんな兇暴性発作を持った人物など……」

熊谷久摩吉氏はここまでいって、とつぜんはたと口をつぐんだ。顔面いささか蒼白となり心悸動揺という面持ちだから、幽谷先生すかさず膝をすすめて、

「ははあ、さては思い当る節ありと見えますな。誰です、そういう兇暴性発作を持っている人物というのは……？」

「いやいや、そ、そんな筈はありません。かれに限って、あなたがたをぶン殴る……と、とんでもない。あれはまるで羊の如き人物でして……」

「羊か狼か、とにかく伺いましょうか。誰ですね、意中のひとは？」

「さあ、それが……」

「さあ、それが……か。ヒクッ、さあ、ヒクッさあさあ、ヒクッヒクッ、さあさあさあというところですね。マネージャー、ヒクッ、器用にヒクッ、白状、ヒクッ、さっしゃれな」

フランケンシュタインの蘆原小群、ブチになった目玉をひンむいて見得を切ってみせたが、それはまことに滑稽であった。

「いや、そう詰寄られると、どうしても打明けねばなりません。これはここだけの話にしておいて戴きたいですが、実はあの田代君ですがね」

「田代君？　あの企画部のですか」

幽谷も目玉をひンむいで、

「あのひとに、そんな兇暴性があるンですか。見たところ、おとなしそうな青年だが……」

「ひとは見かけによらんもんですな」

シバラク君は愕然として顎を撫でている。

「いやいや、早まっちゃいけない。田代君にそういう兇暴性発作があるというわけじゃ、ゆめ、ないンですが、実はかれにちょっと妙な病気がある」

マネージャーの説くところによると、田代信吉、ふだんは何んのかわりもない、いたっておだやかな人物だが、ときおり、フーッと前後不覚になるんだそうである。

「田代君は今度の戦争で、ビルマのほうへいってたんですがね、その際、鉄砲の弾丸であたまをぶち抜かれたんだそうです。ふつうならば、それでお陀仏なんでしょうが、まあ運が強かったんですね、生命だけは取りとめたが、それがもとで、脳細胞に異常を来しているらしい。ときおりフーッと記憶がなくなるんです」

一同は思わずぎょっと顔を見合せたが、幽谷先生は膝をすすめて、

「ははア、アムネジヤというやつですな」

と、さっそく教養のほどを示した。

「さあ、何んというたですかね。とにかくある期間、フーッとわけがわからなくなる。つまり、今度正気にかえった際、どうしてもそのあいだの出来事が思い出せないんです

ね。以前はかなり頻繁に、そういう小発作が起ったらしく、また、起るとそのあいだも長かったそうですが、ちかごろはたいへんよくなって、滅多に起ることもないし、起ってもせいぜい五、六分で、すぐ治るようになってきたんですがね」

「なあるほど」

と、幽谷先生はかんがえぶかく顎を撫でた。

「ところで、マネージャー、そういう発作の際、田代君、暴力をふるうというような習性はなかったんですか」

もっともな灰屋銅堂君の質問であった。

「いや、それは全然ありません。少くともいままではいちどもそんなこと聞いたことありませんね。ただ、ポーッとしてしまう。ただそれだけなんで。そういう兇暴性発作をともなうようだったら、わたしだって気味が悪くていっしょに仕事なんか出来やアしませんからねえ」

「ふうむ、すると犯人はまだほかにあるわけかな。いったい、そいつは……」

幽谷先生、そこではたと口をつぐんで、思わず大きく眼を見張った。

「セ、先生、ど、どうかしたですか」

と顎十郎も不思議そうに、幽谷先生の視線を追うたがこれまた、とたんに長い顎をいよいよ長くした。ほかの連中も気がついたらしい。その瞬間、いっせいにシーンと黙りこんでしまったのである。

その時、幽谷先生の部屋の外から、まじまじとなかを覗いている人物があった。セムシなのである。それも半紙晩鐘君のカジモドみたいに、こしらえもののセムシではない。正真正銘のセムシなのである。おまけにおそろしく凄味な顔をしている。まるで顔の真ン中に蜘蛛がとまって、四方へ脚をひろげたように、深い皺が顔中に走っている。しかも額から左の眼尻へかけて、柘榴《ざくろ》がはじけたような傷跡がはしっているというのだから錦上更に花を添える凄さである。どうしてどうして、幽谷先生とその一党が、いかに扮装をこらして凄がったところで、その男のまえへ出ればお笑いぐさみたいなものであった。

その男はドアの外からしばらくまじまじと一同の顔を見渡していたが、やがて何やらもぐもぐと口のうちで呟きながら、コトコトと奇妙な足音をさせて立去った。つまり、その外貌の無気味なことにおいては、ほとんどあますところなき資格をそなえた人物である。その足音が廊下の向うに消えたとき、一同は夢からさめたようにホーッと顔を見合せた。そして、異口同音に、

「オペラの怪人……?」

と、呟くと、思わず溜息の合唱をしたことである。

第三章　パンドーラの匣

その昔「オペラの怪人」というアメリカ製の怪奇映画が来たことがある。オペラの怪人というのは巴里オペラ座の秘密の一室に巣喰うている主で、神秘な力を持っている。もしかれの意志に反すると、必ず劇場内に異変が起る。この不可思議な神通力を持った人物は柄にもなくコーラスガールの一人に惚れていて、秘密の一室から壁越しに、その娘に声楽のレッスンをしてやるという御熱心ぶりである。それでいて絶対に恋人のまえはおろか、誰のまえにも姿を現わさない。と、いうのがこの男は何んとも名状することが出来ないほど、醜怪な容貌をしているからである。映画に出て来たオペラの怪人は髑《どく》髏《ろ》そっくりの顔をしていた。

幽谷先生はむろんその映画をおぼえていた。だから、この度の怪物団若返るを思いついたとき、いちばんに頭へ来たのはオペラの怪人であった。それにも拘らずこれをメンバーに加えなかったのは、梟座にオペラの怪人なる人物が存在しているからである。

梟座のオペラの怪人はむろん、そんな神通力を持っているわけではない。かれは単なる楽屋番に過ぎない。名前を剣突謙造といってこれでももとはこの梟レヴュー団の役者であった。ところがあるとき不幸な事件が起った。舞台に出ている剣突謙造のうえから大道具が倒れて来たのである。しかもこの大道具たるや、ふつうの張りボテではなくて、金属製の相当な重量を持った代物だったから、その下敷きになった剣突謙造は大怪我をしたのである。脚を折って跛《びっこ》になった。背中を強打してセムシになった。それのみならず頭を強く打たれたらしく、いささか気が変になった。つまり三拍子も四拍子もそろったオペラの怪人になったわけだ。むろん、もう舞台には立てない。ふつうならばお払い箱というところだが、こういう世界には妙に人情にあついところがあって、役者をやめた剣突謙造を楽屋番として使うことになった。爾来かれは楽屋口の薄暗い部屋に坐って、四六時中、もぐもぐと何やらわけのわからぬことを呟いている。いささか陰々滅々たるところはあるが、いたって物静かな気ちがいだから、みんな大いに同情をしている。同情しているくらいなら、変なアダ名なんかつけなければよいのだが、それがこういう世界のならわしで、誰いうとなく、「オペラの怪人」。幽谷先生が怪物団のなかからオペラの怪人を省略したのはこの人物に義理を立てたからである。

「フーム、オペラの怪人がねえ」

晩鐘君が溜息をついた。

「いやそんな筈はありませんぜ。オペラの怪人いかに神通力ありといえども、あんな早業は出来っこない。なんしろあの体だから」

灰屋銅堂が弁解した。

「そこが怪物の怪物たるゆえんかも知れんて。なんしろわれわれとちがって、かれの怪物性は模造品じゃないからね」

蘆原小群もどうやら驚いた拍子にシャックリがなおったらしい。

「ひょっとするとわれわれの扮装をもって自分を揶揄するものであると、ヒガンだのかも知れませんな」

シバラク君は愕然とした。顎十郎は無言のまま顎を撫でている。甚だ撫でがいのある顎であった。幽谷先生は批判の言葉をさしひかえたが、これは要するに、結局、何がなんやらサッパリわけがわからンことになったのである。いったい、誰が、なんのために、ああいう襲撃をあえてしたのか、いや、ああいう襲撃に何かとくべつの意味があるのかないのか、だいいち、それからして、誰にもがてんがいかなかったのである。そして、それがわからないところに、奥歯にもののはさまったような、妙なじれったさとともに、一種異様な無気味さがかんじられた。

「とにかく、諸君、これはお互い、大いに警戒する必要がありますな。吾輩をしていわしむれば、この気ちがいめいた一連の襲撃事件には、きっと何かふかい意味があるにちがいない。単なる悪戯にしては少し深刻すぎますからね。ひょっとすると、これは何かもっと大きな事件の前奏曲かも知れません」

「いやですぜ、先生、おどかしちゃ……」

「いやいや、おどかしに非ずですて。カリガリ博士の御託宣だから、いずれも肝に銘じておかれたがよい」

カリガリ博士の幽谷先生、深刻な表情をしてみせたが、いずくんぞ知らん、先生の無気味なこの事実は、掌を指すがごとく的中したのである。——と、いう仔細はこうである。

こうして幽谷先生の楽屋で、評議まちまちのあいだにやがて開幕の時刻が来たので、一同ともかくもブチになった顔を、もう一度化粧しなおして、舞台に立つことになった。ところでまえにもいったようにこのレヴューは題して「パンドーラの匣」という。これまた、まえにもいったように、一番最初にプロローグとしてパンドーラが真言秘密の匣をひらくところがある。このパンドーラに扮するのが、一座のスター紅花子嬢であった。

「先生」

開幕のベルが鳴って、怪物団の連中がカリガリ博士に引率されて、ゾロゾロと舞台裏へおりていくといきなり幽谷先生にとびついてその腕にぶら下ったのが、紅花子嬢であった。

花子嬢はたいへん美しい。艶冶たるのみならず、才気もまた煥発たるものである。彼女のことを、単に脚をいちばん高くあげる女優であるというのは、ちかごろとみに売出した彼女に対して、やきもちを焼いている連中の悪口である。脚をたかく蹴上げるということもたしかにひとつの芸にはちがいないが、唯、それだけでは現在の彼女ほど、人気をかちうることは出来なかったろう。それにはやはりそれだけのパーソナリティーが彼女にあるにちがいない。——と、ちかごろ幽谷先生はかんがえている。

幽谷先生が花子嬢と、個人的に識りあったのは、今度一座してからであったが、彼女の才気煥発には、さすがの幽谷先生も内心舌をまいている。どんな海千山千の男子に対しても、彼女は一歩もヒケをとらない。実に機智縦横、臨機応変である。幽谷先生の如きも、しばしばお面をとられるくらいである。

その花子嬢が腕にぶら下って、

「先生、なんだか変なことがあったんですってね」

と、いたずらっぽい眼付きをしたから、幽谷先生、はてなと内心警戒線を張った。

「紅さん、あんたの耳にも入りましたか」

「ええ、そりゃア入りますわ。悪事千里ですもの」

「悪事？　悪事はひどいな。こちらは被害者の立場ですぜ。見舞いのひとつもいってもらいたいですな」

「あら、失礼。でも、別に大したお怪我でなくて仕合せでしたわね。細木原さんなんか顎が脹れあがって、お気の毒みたいよ」

「細木原君、意識を取り戻しましたか」

「ええ、やっといまさき。でも、ろくに口が利けないのよ。水も咽喉に通りませんわ。罪な話ね。いったい、誰があんなことしたんでしょう」

「それをぼくが知る筈はない」

「そうかしら」

「そうかしら……？　これこれ紅さん、気をつけてものを言ってもらいたいですな。あんたの言葉をきくと、ぼくが何か知ってるみたいにきこえますがね」

「あら、御免なさい。そういうわけじゃないのよ。ただね、先生みたいに聡明なかたなら、犯人についてなにか心当りがおありじゃないかと思ったんですわ。ほら、推理――っていうんでしょう」

「ぼくは探偵ではない」

「ほっほっほ、ではまだブランク？」

「もちろん」

「そう？」

と、花子嬢は疑わしげな眼をして幽谷先生の顔を見た。はなはだ気になる眼付きである。

「これこれ、紅さん」

「いいえ、あたし、ちょっと考えたことがありますの。でも、その話、あとでするわ。出番ですから失礼。石丸さん、どうぞ」

石丸啓助というのは一座の二枚目で、パンドーラの良人、エピミシュースに扮している。むろん、ふたりとも古代ギリシャの扮装である。幽谷先生とその一党も、すぐ出になるから、舞台に眼を注ぎながら、出のキッカケを待っている。出のキッカケというのは、パンドーラが匣をひらいて、匣のなかからドロドロと煙が舞いあがるのが合図である。

ところが。――

幽谷先生と怪物団の一行は、舞台を見ながら、ふいにおやッと眉をひそめた。いつもと少し勝手がちがっているのである。台詞も違っているし、しぐさもちがっている。そして本来ならば、パンドーラがひらくべき筈の匣を、きょうはパンドーラの鼻声に籠絡されて御亭主のエピミシュースがひらくのである。

幽谷先生はそれを見ると、思わずおやと眼を見張った。紅花子はすまして舞台で、出《で》鱈目《たらめ》の唄を唄っている。エピミシュースの石丸君がついにパンドーラの匣に手をかけた。蓋をひらいた。そして、そのまままえへのめったかと思うと、二、三度、全身をもって痙攣していたが、それきりぐったり匣にもたれたまま動かなくなった。

花子嬢はびっくりしたように駆け寄って、エピミシュースの肩に手をかけ、半分からだを抱き起したが、

「きゃっ！」叫んだものがある。一番まえの座に坐っていたお嬢さんである。

「ひ、と、ご、ご、ろ、シイ」

お嬢さんはどうやら気を失ったらしい。幽谷先生と怪物団の一行は、思わず素のまま舞台へとび出した。

「紅さん、ど、ど、どうしたンじゃね」

「あたし、知らない、あたし、知らない、あたし知らない、あたし、知らないのよウ」

花子嬢もヒステリーを起したようである。無理もない話なんだ。エピミシュースの石丸啓助君の胸には、ぐさっと短刀が突っ立っている。短刀の柄には螺旋《らせんけい》型の強いスプリングがついて、そのスプリングはパンドーラの匣のなかへつづいている。

即ち、石丸啓助君は、びっくり箱のなかから飛出した短剣によって、見事心臓をつらぬかれて死んでいるのであった。

それにしてもこの際このとき、誰かが気をきかして幕をおろしたのは、まことに時宜に適した処置というべきであった。そうでなかったら観客席に、どのような騒動が持上っていたかわからない。人間の串差しなんざ、スリル満点かも知れないけれど、見世物としてはあんまり気持のよいものではない。げんに前のほうにいたお客さんのなかには、気絶したのも二、三人あったようである。

幽谷先生の如きも、日頃大言壮語しているものの、根はいたって小胆者だから、ひとめこの光景を見た刹那、全身の知覚といわず筋肉といわず、いっぺんにストライキを起してしまって、いつ幕がおりたのか、それすらもわきまえないほどであった。しかし、これは幽谷先生に限ったことではなかったろう。プロローグに出る踊子諸嬢は申すに及ばず、鬼をもひしぐ猛者《もさ》ぞろいの怪物団諸公でさえもわっとばかりにパニックに襲われて、これを幽谷先生の口調をまねていうと、恐怖と戦慄の活人画と化したのである。

ところがそのとき、突如素晴らしいコロラチュラをもって、一同に活を入れた人物があった。紅花子嬢である。

「あたしじゃない、あたしじゃない、あたし何も知らないのよう」

さすがに一番始めに麻痺状態におちいっただけに花子嬢、免疫となるのも一番早かったらしい。

「ねえ、皆さん、信じて下さるでしょう。あたしなにも知らないのよ。あたしこんなことになると知って、石丸さんに匣をひらいてもらったわけじゃないのよ。あたし、あたしあたしィッ……」

「これこれ、紅君、落着かなきゃいかん。誰も君のせいだなんていってやアせん。見っともない。早く涙をふきなさい」

幽谷先生、そこは年役でおだやかになだめにかかったが、するとどうしたものか花子嬢さながら毛虫にでもさわられたように、びくっとうしろへ跳びのくと、ハッタとばかりに幽谷先生の額をにらんだ。

「あっ、先生——せ、せ、先生ですの。あんな……あんな恐ろしいことをしたのは……」

花子嬢はあきらかにヒスを起しているのである。だから彼女が何をいおうと、気にかけることはなさそうなものであったが、それにも拘らず幽谷先生、一瞬顔面蒼白となり、雷にうたれたように全身硬直状態におちいったのは、ちと妙なけしきであった。

「な、な、なにをいうんです。紅君、君は気でもちがったかね」

幽谷先生、あわてて額を横にすると、強いて落着きを取戻し、

「わしと石丸君とはついちかごろの馴染みじゃよ。なんの遺恨があってこんなことをするもんか。めったなことをいうもんじゃない」

「でも……でも、これ、石丸さんのために仕組んだ仕掛けじゃありませんわ。だって、

だって、石丸さんが匣《はこ》をひらくなんてこと、誰も知ってる筈はなかったのよ。だからあれはあたしを殺すために仕掛けておいたのよ。恐ろしい、恐ろしい、恐ろしイッ……」

花子嬢のヒステリーは、いよいよもって上潮である。

「これこれ、そうむやみに昂奮してはいかん。なるほど、あんたのいうとおりかも知れンが、それならば、いよいよわしは嫌疑者からオミット願いたいな。どう考えてもわしには、君を殺す理由は思いあたりません」

「ええ、それは……すみません。さっきの言葉は取消します。でも、そうすると誰がこんなことをしたんですの。誰かこの楽屋に、あたしに恨みをもってるひとがあるのよう。怖い、怖いッ、先生、助けてえ！」

手ばなしでワーワー泣き出したから手がつけられない。

紅花子嬢、当年とって二十八歳——と自称しているが、これはだいぶサバがあるらしいから、正味のところは三十を越えているのだろう。海千山千とまではいかなくとも、五百年ぐらいのネウチはたしかにある。それだけに日頃はいたって気さくな女で、思慮分別にもとんでいるのだが、こうなると小娘も同然である。いや、芸術家だけあって、万事ゼスチュアが大きいから、小娘よりも手がつけられない。

だが、ちょうど幸い、折からそこへ駆着けて来たのは、マネージャーの熊谷久摩吉氏に企画部の田代信吉、いまひとりは作者兼演出の細木原竜三である。

「タハハ、これは……」

と、熊谷久摩吉氏は眼をパチクリさせて、

「石丸君、早まったことをしてくれたなア」

「熊谷さん、お株を出しちゃいけません。早まったことをしてくれたなアなんて、石丸君はなにも……」

と、蘆原小群もやっと正気を取戻したらしい。

「ふっ、自殺したわけじゃないんですか」

「あったりまえでしょう。自殺するのに誰がこんなややこしい死方をするもンですか」

いきまいたのは半紙晩鐘君であった。

「自殺じゃない？　自殺じゃないとすると……」

「他殺ですよ。つまり、ひとごろしですな」

シバラクさんも保証する。

「ひとごろしイ？　人殺しですって？　これは怪しからん。誰がなんの恨みがあって、うちの舞台で人殺しなんかしゃアがった」

「熊谷さん、そんなことをいってる場合じゃありませんぜ。早く警察へしらせなきゃ……」

「それに、お客さんにも、なんとか挨拶をしなきゃならんでしょう」

灰屋銅堂と顎十郎もようやく恢復したようである。

「挨拶をするって、ど、ど、どうするンで」

「それは警察の意見をきいてみなければわからんが、結局、かえってもらうより手がありますまいな」

　幽谷先生も憮然としている。

「かえってもらう。この大入満員のお客さんに……？　お客さん、タダではかえりませんぜ」

「そりゃそうでしょう。やっと幕があいたばかりだから。仕方がない。入場料をはらい戻すンですな」

「入場料をはらい戻すゥ？　そ、そ、そんな殺生な……誰か代役をつかって、つづけるというわけにはいきませんか」

「冗談いっちゃいけません、かりそめにも殺人事件ですゾ。そんな事が出来るもんですか」

「やれ、情なや。幽谷先生、あんたはいったい、なんの怨みがあって……」

「これこれ、熊谷さん、血迷っちゃいけません。そら、あのとおりお客さんがさわいでいる。早くなんとかしなきゃ……」

「ええい、仕方がない。それじゃわたしは電話かけて来るが、その屍骸は……？」

「いや、これはこのままにしておきましょう。どうせ駄目のようだから、警察からひとが来るまでこのままにしておいたほうがいいでしょうな」

「それじゃどうぞ御随意に。先生、万事はあなたにおまかせしますよ」

熊谷久摩吉氏、半分ヤケ気味であった、無理もない、そのとき、熊谷氏の脳裡を悪夢のごとくかすめたのは、羽根が生えてとんでいく、新円のまぼろしであったろう。

さて、熊谷氏がアタフタと、立去っていくと、幽谷先生、おもむろに一同のほうを振返った。

「こうなっては仕方がない。みんな神妙にひかえているンですな。警察の連中が来るまで、なるべく動かん方がいいでしょう。ああなあるほど」

と、そこで幽谷先生が眼をまるくしたのは企画部の田代信吉と、レヴュー作者細木原竜三の顔が眼に入ったからである。

「やられましたね、あんたがたも……こりゃ凄い。どっちも兄たりがたく弟たりがたしというところだが、とりわけ細木原君のは見事ですな。顔がいびつになっている」

幽谷先生が感歎これを久しゅうしたのも無理ではない。田代信吉も細木原竜三も、ものの見事にブチになっているが、ことに細木原竜三と来ては、右半面いびつにはれあがっているのである。

「どうもこれは妙な事だ。さっきのあの一件とこの人殺しと……そこに何か因果関係があるのかないのか」

「先生、それは後刻ゆっくり話しあうことにして、とにかく、お客さんに挨拶してくれませんか。ああわいちゃっちゃ仕様がない」

暗い顔をしてそういったのは、企画の田代信吉であった。

「ああ、なるほど、これはチト辛い役目だが、このままほっておくわけにも参らんでしょうな。よろしい。なんとかバッをあわせて来ましょう」

と、カーテンの方を振向いたが、そこで急に気がついたように細木原竜三を振返った。

「ときに細木原さん、この幕ですがね。これはいったい誰がおろしたンですかね。わしはちっとも気がつかなかったが……」

「ええそれは剣突君ですよ」

「剣突君？」

「ええ、そう、ほら、オペラの怪人ですよ」

「ああ、あの……そうですか。いや、あの人物としてはなかなか機転がききましたな。まごまごしてるとどんな混乱をまきおこしたかわからん場合だから、これは殊勲甲というところですな」

それにしても楽屋口の番人であるところのオペラの怪人が、あの際、なんだって舞台裏にいあわせたのだろう。——幽谷先生にはなんとなく、そのことが胸のつかえとなって残ったのである。

第四章　頓珍漢武者ぶるう

さて、話はここで少し逆行する。

舞台でこういう騒ぎが持上る少しまえのことであった。

梟座の三階、——俗にいうところの大部屋である。梟座のレヴュー団はごく少数の幹部をのぞいては、あとは全部娘であるから、この部屋でとぐろをまいているのも、これことごとく女の子である。こういうレヴュー団のこういう大部屋の空気は、いまさらここで、事新しく述べるまでもあるまい。ひとくちにいって、それはおもちゃ箱をひっくりかえしたような乱雑さ、粗悪な絵具をべたべたと、めちゃくちゃにすりつけたような色彩の錯綜《さくそう》——まあ、そういったところを想像してもらえばよろしい。

もっともそのとき、大部屋にのこっていたのは、そう沢山ではなかった。踊子諸嬢の大半はプロローグに出るために、舞台の方へいったので、あとには四、五人しかのこっていなかった。ところでこういう四、五人に、いちいち名前をつけるのは面倒だから、かりにA子、B子、C子エトセトラと、いうことにしておこう。

さて、そのA子、B子、C子エトセトラ嬢がめいめい、ひくい鼻の頭をパフで叩きながらいうことに、

「六助さん、六助さん、あんたノンキねえ。そういつもかも、こんなところへ来て寝てちゃ、いまに社の方クビになってよ」

「ほんとに六助さんのお勤めはどっちなの、新聞社なの、梟座なの？」

「梟座の方はほとんど皆勤ね。それぐらい熱心に、新聞社の方をつとめれば、立身出世疑いなしなんだけどなア」

「だけど、そりゃア無理よ。C子さん、新聞社にあんな可愛い重役はいないもの。ねえ六助さん、一六新聞の重役さんも、みんなヒゲを生やしてるゥ」

「ああら、それじゃ六助さんがこっちへ皆勤するの、誰かお目当てがあるのオ」

「モチよ。それなくしてこんな無精なひとが、どうして勉強するもんですか」

「まあ、素敵、六助さんでも恋人があるの。人は見かけに……あら、失礼、ごめんなさいね、そして、その想われびとというのは誰よ」

「あら、あなたそれがわからないの。あなたもずいぶん、トンチンカン……あら、失礼六助さんのことじゃないのよ。D子さんのことよ」

「いいわよ、あたし、トンチンカンでも。それより六助さんの恋人というのを教えてよ」

「それはね、あの……ミドリさん」

「ああら、まあ！　お気の毒ねえ」

「あら、D子さん、溜息ついてどうしたのさ」

「だって、そりゃ……六助さん、あんたそれなら諦めた方がよくってよ。ミドリさんはいけないわ。とってもダメ」

「あら、どうして？　いいじゃないのミドリさん、あんなに可愛くて、それにあのとおり有望視されてるンですもの」

「だから、いけないのよ。あのひとにはついているの」

「ついてるって何がさ、狐？　狸？」

「バカねえ、……あんたの方がよっぽどトンチンカンよ。あのひとにはついていています」

「誰が」

「田代先生！」

「あら、まあ。ほんと？」

「……と、まあ、あたしはにらんでるの。これ、あたしの推理よ」

「へへえ、大したもンね。そして、推理の根拠は？」

「あんた、知らないの。ミドリさんは今度、紅さんの代役がついてるでしょう？　パンドーラの……」

「ええ、そう、抜擢ね。もし紅さんにここで怪我あやまちがあったら、ミドリさん、たちまちプリマ・ドンナで、プリマ・バレリーナで……」

「だから、みんなプリプリしてンのよ。ところで、あれ、誰の差金《さしがね》だか知ってるウ」

「むろん、細木原先生の……」

「なんて考えてるから凡人の浅間しさなんていわれるのよ。何をかくそう、あれこそは……」

「田代先生の画策なの」

「そうよ。これはさる確実なる筋からきいた情報なんだから、絶対間違いなしという真相よ。新聞なら特種ものよ」

「まあ、口惜しい」

「あらあら、どうしたのよ。さてはあんたも田代先生に……？」

「嘘よ、そんなんじゃないのよ。田代先生そりゃアミドリさんをいくらヒイキにしたってかまわないわ。そんなこと、とやかくいうことじゃないのよ。だけど、それならそれで正々堂々とやったらいいじゃないの。裏面にかくれて画策するなんて、ヒレツよ。卑怯よ」

「A子さん、ひどくいきまいたわね。だけどそこがテキの深慮遠謀よ。なにしろ女わらべは口さがないからね。あたしがちょっぴり憶測をもらしただけでも、このとおり蜂の巣をつついたような騒ぎになるんだから」

「ああら、それ、D子の憶測？」

「憶測じゃない、推理よ」

「つまらない、推理推理って、探偵小説じゃあるまいし、あんたもよっぽど……」

「しっ、しっ、黙って、噂をすれば影とやら、つまらないことをいうもンじゃないぞよ」

いままでベチャクチャ、クチャベチャとしゃべっていた、A子、B子、C子エトセトラが突然、水をうったようにしいんとしずまりかえったかと思うと、そこへひょっこり入って来た娘がある。

なるほど、可愛い娘だ。年頃は二十一か二。どこかまだ、ほんとうに女になりきらぬ、子供っぽさのある娘で、もう二、三年もすれば、素敵な美人になるだろうと思われるところもあるが、いまはまだ、美人というより可憐という言葉が当っている。これがいま、A子、B子、C子エトセトラ諸嬢の間で噂にのぼっている柳ミドリ。このたび抜擢されて、紅花子嬢の代役がついているという娘である。

ミドリはいまにも泣き出しそうな顔で、A子、B子、C子その他大勢を見廻しながら、

「やっぱりないのよ。どこを探してもみつからないの」

「ミドリさん、どうしたの、ないって何がないのさ」

「ああそうそう。ミドリさん、さっきから拳闘のグローヴを探してたわね。あれまだ見付からないの」

「ええ片っ方だけ見付かったけどあとの片っ方がどうしても見えないのよ」

「拳闘のグローヴ？」

と、そのときはじめて、薄ぎたない畳のうえから、ムックリと長大な上半身をもたげた青年がある。すなわち、さっきから、さんざんA子その他から、おもちゃにされていた野崎六助、籍は一六新聞にあるのだが、もっぱらこの梟座に皆勤してるというあっぱれメイ記者の卵である。

この野崎六助には頓珍漢先生というアダ名があるが、いわれをきくとこうである。

野崎六助、今年学校を出て、一六新聞の入社試験を受けたのだが、そのとき出た問題のなかに、アンラ、ララ、ユネスコというような言葉があった。これに対する六助の答

案というのがふるっている。
◎アンラとはパンパン・ガールの感投詞なり。実例、アンラ、まあ、いやンようというが如し。
◎ララとはカチューシャの祈りの言葉。神に願いを、ララ、かけましょうか。
◎ユネスコとはフラスコの一種にして、ペニシリン製造に用いられる。
これには試験官先生もあいた口がふさがらず、

「まあまあ、君みたいな頓珍漢先生も、ひとりぐらいいてもいいだろう」

と、見事入社試験にパスしたという人物である。

その頓珍漢先生の六助が、ミドリの言葉にムックリ長大な鎌首をもたげたから、なみいるA子、B子、C子エトセトラ諸嬢、フフンとばかり鼻のあたまに皺をよせた。

「ええ、そう、拳闘グローヴよ。六助さん、あんた知ってて？」

「いや、ぼくは知らんが、いったい、拳闘のグローヴをどうするンです。あんたみたいな若い娘が……」

「だから、ダメヨ、六助さんは。せっかく梟座へ日参してても、楽屋にばかりとぐろをまいてるからわからないのよ。ミドリさんは舞台で拳闘をするンじゃありませんか」

「拳闘？　柳君が？　舞台でエ？」

六助、いちいち言葉をきって、そのたんびに眼をまるくした。

「ええ、そうよ。拳闘たって、ほんとの拳闘じゃないから、そんな顔をしなくてもいいのよう。トンチンカンね、あんたも。相手はA子さん、あたしは、レフェリーよ。あんた見ないからダメよ、そりゃ素敵なのよ。A子さんの栄養過多のヤミ的肉体美人と、ミドリさんの楚々《そそ》たる配給食糧美と……あら、失礼。とにかく肉弾相いうつ美人の一大ボキシング、今度の呼物じゃないの」

「はてな。そして、そのグローヴが片っ方見えないンですね、いつから？」

「楽屋入りをしたときから見えないのよ」

「楽屋入りをしたときから……ちょ、ちょ、ちょっと待ってくれたまえ。そうすると、それ、ひょっとすると、ひょっとするンじゃないかな」

「なによ、六助さん、ひょっとするとひょっとするなんて」

「ほら、君たち聞かないのかい。さっきしたで持上った大騒動……ボエンさ」

と、六助は拳をかためて、自分の顎をなぐるまねをしながら、

「あの曲者は、たしかに拳闘のグローヴをはめていたらしいというぜ」

「まあ！　それじゃ、あれ、ミドリさんのグローヴで……」

「まあ、あたし、どうしましょう」

一同は思わずシーンと顔を見合せたが、そのときである。コトコトと、廊下の方からきこえて来た跛の足音。――ミドリはそれをきくと、ふいにパッと顔をかがやかせた。

「あ、そうだ、あたし、小父さんに相談するわ。小父さんならきっと、何かいい智慧をかしてくれるわ。小父さん、小父さん、ちょっと待って……」

ミドリに呼止められて、廊下からジロリと中をのぞいたのは、オペラの怪人の剣突謙造。たいていの人間は、この一瞥にあっただけでもふるえあがるのだが、ミドリは不思議に、この怪物とウマがあうらしい、佝僂《せむし》の肩にぶら下がるようにして、何かささやいていたがやがて手をとりあって、したへおりていった。

「フーン」

と、いうのは、A子、B子、C子エトセトラ嬢が、吐き出した溜息の合唱であった。

「ちょっと、六助さん、しっかりしなきゃダメよ」

「あんた、ライヴァルが沢山《たくさん》あってよ。田代先生にオペラの怪人……おお、いやだ。ゾッとするわ」

「それにしても、ミドリさんも変なひとばかりにとりつかれたもンね。田代先生は、ほら、あれでしょう。おりおりボーッとするというじゃないの。それからオペラの怪人に」

「いま一人はトンチンカン先生」

「やかましいッ」

「ギャッ」

「うぬら、いわせておけばつべこべと、堪忍袋の緒がきれた。片端からとって食うぞ」

「うわっ、たいへん、頓珍漢先生武者振うよ」

梟座の大部屋はたいへんな騒ぎになった。何しろ六尺豊かな野崎六助が、長大な手脚をひろげて、女の子をおっかけまわすんだからギャッ、アレッ、助けて、ドタバタと、そのハナバナしいことといったらなかったが、折しもあれや、

「野崎さん、そのざまは何ですかッ」

まったく鶴の一声であった。入口のところで裂帛の気合いがかかるとともに、野崎六助たちまち全身の運動神経がサボタージュを起したばかりか、顔面蒼白となったかと思うとやがてそれが紫色と転じ、ついで、全身うでだこみたいになったのは、七面鳥そこのけの神技であった。

「あんた、いったい、おいくつ?」

と、柳眉《りゅうび》を逆立て、足音もあららかに入って来給うたのは、これぞまさしく深山幽谷先生のひとり娘で、幽谷先生の名マネージャーであるところの恭子さんであった。

「はっ、ぼく、二十七歳であります」

六助、すっかり青菜に塩である。愁然として恭子さんのまえに首をうなだれているところは、とんと死刑をまつ囚人みたいであった。A子、B子、C子エトセトラ諸嬢は、ははアとばかり、はじめて発見したように、眼ひき袖ひきであった。

「二十七ィ? よくまあ、そんなヌケヌケといえたものね。二十七にもなってバカらしい、いつまでこんなひとたちと……ああら、失礼、あなたがたの悪口をいうンじゃありませんのよ、御免なさいね。ほっほっほ、しかし、六助さんッ!」

恭子さんはまったく硬軟自由である。踊子たちにむけるこぼれるような愛嬌も、六助

に面すると、たちまち峻厳おかすべからざる威厳を示す。

「あなた、こんなところで、悪ふざけしてる場合だと思って？　あなたあの騒ぎを御存じないの？」

「あの騒ぎ？　火事でもありましたか」

「バカ、そんなことをいってるからトンチンカン先生だなんていわれるのよ。人殺しよ」

「人殺し？　どこかで誰かが殺されましたか」

「まあ、じれったいひとね。あんた、ほんとに血が通ってンの。たったいま、この劇場の、しかも舞台で、人殺しがあったのよ」

このとき六助少しも騒がず、あっけにとられたような顔をして、しばし恭子さんの顔を見つめていたが、やがてにやにや笑いながら、

「じょ、冗談でしょう。恭子さんはひとが悪いなア。からかったって、ダメですよ」

「バカ、バカ、バカ。誰があんたなんかからかうもんですか。からかうンならもっと気の利いたひとをからかうわよ。しっ、ちょっと黙ってあれをきいてごらんなさい」

恭子さんの声に、一瞬シーンと一同は耳をすましたが、別に変った物音もきこえなかった。しかし恭子さんの表情があまり真剣だったから、六助よりも踊子たちが気をのまれて、

「深山さん、それ、ほんとうですの、舞台で人殺しがあったなんて……」

「ええ、ほんとうよ。殺されたのは石丸さん、パンドーラの匣の中から、短剣かなんかがとび出して来て……」

そこへ顔色かえてとびこんで来たのはミドリであった。

「皆さん、たいへんよ、たいへんよ、人殺しよ。舞台で人が殺されたのよ。だから、警察のひとが来るまで、誰もここを動いちゃいけないんですって……あたし、どうしよう、どうしよう」

ここにおいて踊子諸嬢は、わっとばかりに恐慌状態におちいったが、これでようやく活の入ったのが六助である。

「恭子さん、そ、そ、それじゃほんとうですか。こりゃこうしては……」

「六助さん、どこへいくのよう」

「どこってきまってまさあ。現場へ駆着け……」

「ダメよ、ダメよ、ダメってば……」

「ダメ？　どうしてダメですか」

「うちのパ……いえ、あのセンセが頑張ってるのよ。センセ、すっかりハリキッて探偵気取りになってンのよ。指紋がどうの、足跡がどうのって、誰も舞台へよせつけないのよ、誰もよ、わかって？　このあたしでさえもよ」

「あなたでさえもですか。それじゃダメだな」

六助、いたって諦めがいい。

「ええ、だからね、あなたには別に用事があるのよ。警察のひとが来ると面倒だからあなたがいまのうちにここを抜け出して頂戴」

「ここを抜け出してどうするンですか」

「そうね、せっかくの特種だから、あなた社へ電話をかけてもいいわ。さあ、あたしがいってあげるから速記して頂戴。梟座の怪事件——よくって。わかって？　目下百万ドル・レヴュー『パンドーラの匣』をもって満都の人気を独占せる梟座において、本日、奇々怪々な殺人事件が突発した。よくって？　いいわね。すなわち、そのプロローグの場面において、エピミシュースに扮せる人気俳優石丸啓助氏が、舞台でパンドーラの匣をひらきしところガゼン、匣のなかより飛出したる一個の短刀により、見事心臓をつらぬかれて即死したり。ちょっとまだあるのよ。あわてちゃダメよ。しかるにここに奇怪なるは、このパンドーラの匣をひらくは、ふだんはパンドーラに扮せる一座の首脳女優紅花子嬢の役なりしにきょうに限って石丸啓助氏のひらきしこととなり。ここになんらか、秘密の綾があるに非ざるや。どう？　それくらいで記事になるでしょう。足りなかったら梟座は目下上を下への大騒動、ぐらい付加えとくといいわ」

「有難い！　これだけあれば大丈夫。だからいわないこっちゃない。果報は寝て待て……特種特種……と」

「ちょっと待って。トンチンカンね、あんたは。これからがあたしの頼みじゃないの」

「はあ、何かほかに用事がありますか」

「そうよ、あるからこそ、あなたを探しに来たんじゃありませんか。あたしね、ここへ来る途中で、古川さんにあったのよ」

「古川って誰ですか」

「うちのパ……いえ、あのセンセの前のマネージャーよ。ほら、あたしがチョンにした……」

「ああ、あの古川万十……」

「そう、あの万十さんとそこンところでパッタリ出会ったのよ。あのひと、きっとここへ来てたにちがいないわ」

「ええ、そう、そういえば古川さん、さっき舞台裏をまごまごしてたわ」

そう口をはさんだのはB子であった。

「あら、そう有難う、やっぱりそうだったのね。ところが表であったときの万十さんの様子というのがタダゴトじゃなかったのよ。まるで気ちがいみたいにゲタゲタ笑いながら向うへいってしまったのよ。ええ、あたしとすれちがっても気がつかないのよ。だからあたし、何かこれにはワケがあると思ってるの。いいえ、あのひとがあんな恐ろしいことをしたかどうかわからないけれど、きっと何か知ってるのよ。だから、あのひとを探し出して、ここへ連れて来て頂戴」

「探し出すって、しかし、どこを探すンですか」

「きまってるじゃないの。あのひとのことだから、とてもまっすぐに帰りゃしないわ。

どっか銀座へんの飲み屋に沈没してるにちがいないわよ。だけど、気をつけてね。あたしが探してたなんていっちゃダメよ。あのひとにとっては、あたしはイコンコッズイなんですからね。うっかりあたしの名前なんか出すと嚙みつかれてよ。あのひと、とてもダラシないけど歯だけは実に丈夫なんですからね」

「わかりましたア。それじゃいってきまアす。しかし、恭子さん、あなたは？」

「あたし？　あたしはここに残ってるわ。あたしがついてなきゃ、うちのセンセ、どんなバカをしでかすかわからない人ですもの」

「テヘッ、たいへんな心臓だ。いやなに、こっちのことで……」

帽子をつかんでとび出すうしろから何を思ったかA子嬢が、声をはりあげて呼止めた。

「ちょっと、ちょっと、六助さん、あんたに一言訊ねたいことがあるのよ」

「なんだい。何をききたいンだい」

「いえね、あんたのお目当てというのは、こっちの方だったのね」

クシャクシャと眼を口ほどに物をいわせると、六助、チェッと舌打ちをして、

「勝手にしゃアがれ！」

帽子を頭にたたきつけると、二十年まえの近代的装備の、梟座のあぶなっかしい階段を長い脚で飛びおりていった。頓珍漢、大いに武者ぶるッたのである。

第五章　会議は踊る

頓珍漢小僧の野崎六助にとっては恭子さんの一喝は、至上命令みたいなものらしい。恭子さんの美しい眼でにらまれると、六助君欣喜雀躍、長い脛《すね》を蹴たぐり蹴たぐり梟座の楽屋口からとび出していったが、これまことに危機一髪というところであった。なぜならばかれが楽屋口からとび出すと間もなく、警察官や検察陣の諸公がゾクゾクと御入来ということになり、その時、梟座にいあわした連中は、観客といわず座員といわず、いっとき缶詰めのウキメをなめさせられるということになったからである。

さて、これからいよいよ捜査陣の活躍ということになるのだが、これをかの高名なヴァン・ダイン先生やエラリー・クイーン君の探偵小説みたいに克明に描写していては、ただいたずらに検事や警部や警部補や、その他大勢みたいな人物が右往左往するばかりで、ややこしくなるばかりか、書くほうでも読むほうでも面倒臭いばかりだから、ここには一計を案じて、捜査陣全体を等々力警部なる人物によって代表してもらうことにする。つまり等々力なる警部は、実在することはするんだがここでは捜査陣全体の人格化された人物と考えてもらってもよろしい。どうせこういう小説に出て来る警察官なる人物は、たいてい筋をはこぶうえでの狂言回しみたいなものだがここでは等々力警部に進行係りをお願いしようというわけである。

さて現場へ到着した等々力警部が、まず第一番にやったことといえば、何んといっても凶器として用いられた、かのパンドーラの匣の調査である。このパンドーラの匣というのは縦二尺、横一尺二、三寸、深さ一尺五寸ばかりの、ごくありきたりの支那鞄みたいなしろもので、いつもならばパンドーラに扮する紅花子嬢がそれを開くのをキッカケに薄ドロとなり、ここに怪物団諸公が舞台へおどり出すという趣向になっているのだが、いつの間に誰がとりつけたのか、箱の中には強力なスプリングがとりつけてあり、蓋をひらくと、そのスプリングの尖端に取りつけた短剣がやにわに飛出すという仕掛けになっている。つまりおもちゃのビックリ箱の仕掛けである。そしてエピミシュースの石丸啓助は、このビックリ箱の仕掛けによって、あわれ舞台の露と消えたというわけである。

さて、等々力警部はつらつらとこの仕掛けを調べおわると、ううむとばかりに唸りながら一同を振返った。

「いったい、この仕掛けはどうしたんじゃね。はじめからこんな悪戯がしてあったのかね」

「め、滅相な。ふだんはそりゃア唯の箱なんで……天勝の奇術じゃないからタネも仕掛けもございません。今日まで六日、毎日一度ずつ紅さんがその箱をひらいたんですが、いままで一度だって、そんな物騒なものがとび出して来たためしはないんでして……」

支配人熊谷久摩吉氏の言葉だが、それはそうにちがいない。毎日そんなものにとび出されちゃ、花子嬢、すでに六ぺん死んでいなければならぬ勘定になる。

「ふうむ、すると昨日の興行のときまではこんな仕掛けはなかったというんですな」

「へえ、むろんありっこありませんよ。論より証拠は紅花子嬢で、これこのとおりピンピン生きております。そんな物騒なものがとび出した日にゃア、紅さん、いかに不死身たアいえ……」

「ああ、こちらが紅花子嬢ですな。あなたにはいずれお訊ねすることがあるが……」

と、等々力警部はぐさりと鋭い一瞥で、まず花子嬢をちぢみあがらせておいて、

「だが、ここではまず、いつ、誰の手によって、こんな仕掛けがほどこされたか、それから決定していくことにしましょう。いまの支配人のお話によると、昨日の興行のときには何もかわりはなかった。と、すると、昨日この箱が使用されてから、今日この幕がひらくまで……と、そういうことになりますな。その間、約二十四時間。……」

「いや、それよりもっと狭い範囲に局限されそうな気がしますがねえ」

「ええ？　あなたは……？　企画部の田代信吉君……？　なるほど、それでもっと狭い範囲に局限されるというのは……？」

「それはこうです。今日ぼくがこの楽屋へ入って来たのは、午後三時ごろのことでした。ところが何しろ舞台裏というのはまことに薄暗いんで……それにいろんな道具類がごたごたおいてある。ぼくはつい、このパンドーラの匣に、いやというほど蹴つまずいたんで……」

「ああ、ちょっと待って下さい。すると、この箱は、いつも舞台裏にほうり出してある

んですな。なるほど、なるほど、それで……？」

「ぼく、癪にさわったものだから、うんとこの箱を蹴とばしてやりました。ほら、そこについているのがそのとき出来た疵なんで……ところがそのとき考えたんですが、こんなところにおいとけば、あとから入って来るやつが、また躓《つまず》かないものでもない。そこでかたわきへのけとこうとしたんですが、持ちどころが悪かった……と、いうより、いまにして思えばよかったんですな、ガタンと蓋がひらいて、危く、ぼく、うしろへひっくり返りそうになったんです。そうだ、その時のことは細木原君もよく知っています。ちょうどそこへ入って来たのだから。……ねえ、細木原君、あの時、箱の中からは何もとび出しゃアしなかったねえ」

レヴュー作者の細木原竜三、顎をはらして無言のまま頷いた。顎がいたくて、まだよく口が利けんらしい。等々力警部は嬉しそうに両手をこすり合わせて、

「なるほど、なるほど。それはこの際有効適切な証言ですな。そうすると、誰がこんな仕掛けをしたにしろ、だいぶ時間が局限される。午後三時からこの幕がひらくまで……その間、どのくらい時間がありましたか」

「プロローグの幕がひらくのはかっきり五時ということになっております。しかし、舞台ごしらえの出来るのは、それより幾分早目ですから、この箱が舞台へ持出されたのも、五時よりまえと見なければなりますまい」

「いったい、この箱を今日、舞台へ持出したのは……」

「それはぼくです。ぼくはこのレヴューの作者だし演出者だから、いつも手落ちのないように気を配っているんで……」

「ああああなたが作者の細木原竜三さんですね。それはいったい何時ごろのことでした」

「四時半……そう、四時半よりちがっているとしても三分か五分のことでしょう。舞台を見るとすっかり支度が出来ているのに、まだこの箱が出ていないものだから、そこでぼくが持出したので……」

　警部はちょっと箱を持上げてみて、

「しかし、細木原さん。あなたはそのときこの箱の重さに気がつきませんでしたか。こりゃア、からのときとは大分重量がちがうと思いますがねえ」

「そ、そのことなんです。ぼくがいまいおうとしているのは……あっ、痛ッ、いえなにこの顎のことで……畜生ッ」

　細木原竜三ははれあがった顎を撫でながら、

「いま、ぼくはこの箱を舞台へ持出したのは自分だといいましたが、あの台のうえにのっけたのはぼくじゃないんで……」

　パンドーラの匣は、役者が立ったまま開くのに都合がよいように、台のうえにのっけてある。

「ははあ？　それはどういう意味ですか」

「と、いうのはこうです。ぼくはこいつを舞台裏から舞台のほうへひきずっていきました。道具方に注意しようと思ったんですが、あいにくそのとき、舞台にも舞台裏にも誰ひとり姿が見えなかったもんですから……そこでぼく自身で箱をひきずっていったんですが警部さんのおっしゃるように、いつもより重いのに気がついた。そこで変だと思って蓋をひらこうとすると……」

「蓋をひらこうとすると……？」

「やにわにブン殴られたんです。ええ、物凄いアッパー・カットで……そのままぼくはノビてしまった。つまり気を失っちまったんですね。だから、そのあとのことは一切五里霧中で……」

「フフン」

等々力警部は疑わしそうな眼で細木原作者の顔を眺めながら、

「すると、誰がこの箱をあの台にのっけたか知らんというんですな」

細木原竜三は顎をおさえながら頷いた。

「いや、細木原君のいうのはほんとうでしょう。それから間もなくのことでした。ぼく細木原君に用事があって、舞台裏を探していると、先生、向うの薄暗がりの中に正体もなくノビていたんです。おそらく犯人は細木原君をブン殴ったあと、箱を台のうえにのっけそれから細木原君を人眼につかぬところへ引きずっていったにちがいありませんよ」

そう言葉をはさんだのは田代企画部氏であった。

「なるほど、それをあなたが発見された。そこで君はそのことを……」

「人につげるイトマもありませんや。今度はぼく自身がガンとやられて、すっかりグロッキーになっちまったんですからな」

「な、な、なんだって！　き、君もブン殴られたんだって？」

等々力警部は眼をまるくしたが、そのときやおらかたわらより、咳一咳、おもむろに言葉をはさんだのは、ほかならぬ深山幽谷先生である。

「ええ。……ここで警部さんに一言注意しておきますがねえ。ブン殴られたのは細木原君や田代君ばかりではないのでありまして、ここにいならぶわれわれ一党、これことごとく被害者ならざるはなしというていたらく。まことにどうも驚き入った話で、この梟座の楽屋には、よほど拳の強い、しかも凶暴性にとんだ人物が潜伏してると見えますて。終り」

警部はあっけにとられて、怪物団諸公の顔を見直した。いずれを見ても山家育ちならぬ、立派な都会育ちの紳士たちだが、半面ブチになっているところが証拠歴然、幽谷先生の言葉の真実性を、身をもって裏書きしているのである。

「これはどうも！　すると、なんですか、あんたがた、ことごとくブン殴られたというんですか。そして、その犯人は……？」

「それがわかってたら唯じゃおきません。何しろ御覧のとおりの豪傑ぞろいですからな。いまごろは犯人氏、袋叩きになって半死半生となっているところでありますが、残念ながらとっさの事で……闇夜の礫《つぶて》にはいかなる豪傑も防ぎきれませんからな」

　幽谷先生負けおしみをいっている。

「フーム。しかし、何か心当りくらい……これだけの人間が、あだやおろそかにブン殴られるわけはないでしょう。何かそこに理由がなければならん筈だが……」

「むろん、そのことはわれわれも考えました。われわれといえども、こう心易くブン殴られるのはイヤですからな。そこでさっきも被害者会議を開催したんでありますが、結局ウヤムヤで……つまり五里霧中ですな。会議は踊るというわけで、とんと結論なしです」

　警部は帽子をぬぐとやけにガリガリ頭をかいて、

「しかし、そのことと今度のこと、つまりこの殺人と何か関係があるのかないのか……」

「それはありと見てしかるべきではないでしょうかねえ。なんとなれば……」

　幽谷先生にひらき直ってしゃべらせると、どうしても活ベン口調になるのはやむを得ない。慣い性となるというのはこのことだろう。

「さっきからお話をうかがっていると、最初の被害者はどうやら細木原君らしい。では細木原君がなぜブン殴られたかと申すと、これすなわち犯人……この犯人というのは石丸啓助君を殺害した犯人のことでありますが……その犯人が、箱の中身を見られたくなかった。いや、箱の重量のちがいを、何人にも気附かれたくなかったからであります。

そこで細木原君を殴っておいて、自分で箱をあの台のうえにのっけた。これすなわち犯人であります」

幽谷先生、トウトウとして述べ立てていたが、そのときである。背後にあたって奇妙な叫びをあげたものがあったので、先生がくるりとふりかえってみると、それはフランケンシュタインの蘆原小群であった。

「ああショーグン、いや蘆原さん、何かこのわたしの申すところに異議がありますかな」

「いや、ああ、ソ、そういうわけじゃないが……しかし、ソ、それで、細木原君をブン殴った理由はわかるとしても、ワ、われわれまで殴られねばならんというのは、いったいどういうわけかと思ったもんですからな。いや、どうも、妙な話で……」

ショーグンの疑問はまことに当を得ていたが、しかし、それだけのことを切出すのに、なぜ、あんなに蒼褪めて、……いや、顔色のほうは例の物凄い扮装のために黒白不明であったが、なぜあのようにソワソワとして、汗を拭いたり、吃ったりしなければならなかったのだろう。幸い蘆原小群は、相当の御年配である。それに些かアル中の気味もあって、日頃から呂律が怪しく、セリフにふるえるところがあるから、それほど強くひとの注意はひかなかったが……

「さあて、そのことですッて。幽谷さん、いや、あなたが幽谷さんでしょう。御名声はかねがね承知しておりますが、こちらの御老人もいわれるとおり、犯人が細木原君をブン殴った理由はわかる。しかし、なぜ、あなたがたを……」

「さあ、それはわたしにもわからない。いや、わたしのことを御存じで恐縮。まことに光栄のいたりですが、そのことばかりはこの幽谷にもわからない。しかしですな、この梟座の楽屋に、そう幾人もひとをブン殴りたい衝動にかられるような危険人物が潜伏してるとも思えません。そうそう、細木原さん、あなたをブン殴った犯人は、拳闘のグローヴをはめていたようじゃありませんか」

細木原作者は無言のままうなずいた。

「すると、やっぱり同じやつですな。われわれを殴ったやつも、たしかにグローヴをはめていましたからな。また、そうでもしなければ、これほど大勢の人間を殴るうちには、拳に傷がつくおそれがある」

「しかし、何んのためにあなたがたを……？」

「さあ、それはわたしにも分りません。犯人があれだけの危険をおかしてまで、われわれをブン殴ったからには、それ相当の確固不抜の動機があったのでありましょうが、それはわたしにも分りかねます。あるいは、その謎の解けるときこそ、このビックリ箱殺人事件の謎が解けるときではありますまいか」

幽谷先生演説口調で大見得を切ったのはよろしかったが、なにせ入歯をとばしているので、いつもほど弁舌さわやかというわけにはいかなかったのは、まことに遺憾千万であった。

第六章　汝箱を開く勿れ

だが、こんなふうに書いていると、いつまでたってもこの小説は終らんというオソレがある。なにしろ幽谷先生をはじめとして、駄弁家ぞろいの一党のことだから、いつ何時誰がまたよけいな口出しをして、いよいよますますこの小説を、長からしめる結果にならぬとも限らぬので、暫くかれら一党ことごとくを黙殺して、手ッ取り早く等々力警部、すなわち捜査陣の調べあげたことを羅列しておくことにしよう。

一、犯人がパンドーラの匣《はこ》に、あのビックリ箱の仕掛けをほどこしたのは、午後三時から四時半まで、すなわち一時間半のあいだである。

二、この仕掛けは巧妙を極めていて、蓋《ふた》を閉じると、ストッパーがスプリングをおさえるようになっている。そして蓋を開くと同時にストッパーがはずれ、強力なスプリングがとび出し、スプリングの尖端に、針金で結いつけた短剣が蓋をひらいた人物の、ちょうど胸のあたりを覘《ねら》うようになっている。

三、ただし、仕掛けそのものは巧妙でも、仕掛けを箱にとりつける作業はいたって簡単で、おそらく数分間もあれば大丈夫と思われた。また、スプリングやストッパーは大して大きなものではないから、人知れず小脇にかかえて、楽屋に持込むのに何んの雑作もなかったろうと思われる。ことに楽屋番の剣突謙造があのとおりの人物だから、かれの眼をゴマ化して通るのは、犯人にとってまことに易々たるものであったろう。

四、企画部の田代信吉が偶然箱をひらいてみた三時前後より、ゾクゾクとして座の連中が楽屋へやって来たが、誰がいちばんにやって来て、誰が誰のつぎにやって来たかというようなことは、確実に調べようがなかった。また、あの箱は田代信吉によって、邪魔にならぬよう片隅へ押しやられたのだが、そこはちょうど大道具のかげになっていていたって人眼につきにくいところであった。それだけに犯人の作業にとっては、お誂え向きだったわけである。

五、誰があの箱を舞台の台のうえにのっけたのか、誰一人知っているものはなかった。道具方の連中も、みんな自分ではないといいはっている。

さて、以上のようなことがわかってみると何人が犯人であるにせよ、それは自由に楽屋へ出入りが出来るもの、つまり梟座の関係者のなかにあると思われる。……と、いうことになったのでここにはじめて観客席のお客さんは、無事に缶詰めから解放されることになったが、支配人熊谷久摩吉氏にとっては、それこそ身をきられるよりも辛い仕事であった。なぜならば、見物は誰もだまっておとなしく帰ってはくれなかった。いっせいに表の勘定場へ押しよせて、ケンケンゴーゴー、入場料の払いもどしを請求したからである。熊谷久摩吉氏はそこでやむなく、事務員をトクレイし、汗だくとなって払い戻しにとりかかったが、あとになって勘定してみると、八千円がとこ金が足りなくなっていたのは、どうやら二重に払い戻しを受けるというキビンな早業を演じたお客さんが相当あったらしい。まったく油断もスキもない世の中で、熊谷久摩吉氏、泣き面に蜂とばかりに、天を仰いで長大息したということだが、それはこの物語にとっては余談であろう。

さて、こうして観客席がかたづいたのは、およそ八時ごろのこと。その間舞台裏では、警視庁ならびに警察の、その他大勢式の人物が、コマ鼠のごとく動きまわり嗅ぎまわっていたが、やがて検視もおわり、石丸啓助君のなきがらは、解剖のためとあって、舞台衣裳のままひきとられていった。ただし、解剖とはほんの手続上の問題で、死因は誰が眼にも心臓のひとつきと、一目瞭然だったのである。

「さて、警部さん、見物はどうやらかえったようですが、われわれはどうなりますか。われわれもすぐかえしてもらえますか」

「ああ、うむ、そういう君は……？　ああ、半紙晩鐘君？　ふうむ、妙な名前じゃな。いやあんたがたはもう少しここに居残ってもらわねばならん。これからいよいよ本格的捜査にかかるわけですからな」

「これからア……？　本格的捜査……？　警部さん、ソ、そんなユーチョーなことといってたら、夜が明けちまいますぜ」

悲鳴をあげたのは灰屋銅堂君である。

「さよう、夜が明けても仕方がない。とにかく一刻も早くラチを明けてしまわぬと、また迷宮入りのオソレなきにしも非ずじゃ。諸君もせいぜい協力して、犯人検挙の手助けをして下さるんですな。さもなくば、諸君自身重大容疑者ということになってもやむを得んですぞ」

「ソ、ソ、そんな殺生な」

「誰です。妙な声を出したのは……？　ああ顎十郎君で……まあまあ、何んでもよろしい。皆さんその物凄い扮装をおとして、めいめいの楽屋で待っていて下さい。必要に応じて順次お招きすることにしますから。いいですか、無断でここをぬけ出したりすると、かえってためになりませんぞ」

グサリと一本警部に釘を打たれて、一同スゴスゴおのれの部屋へひきあげたが、何がさて、あんな恐ろしい事件のあった直後のこととて、誰一人、自分の部屋で神妙にひかえているものはない。わけても女の子たちはふるえあがって、あちらに三人、こちらに五人と楽屋のすみにたむろして、ヒソヒソベチャクチャ。日頃、お賑やかな楽屋だけに、こうなるといっそう淋しさが身にしみる。自分の影にもおののくような気持であった。

そのうちに取敢えず捜査本部というかたちになったのが舞台裏の作者部屋で、ふだんそこにたむろしている細木原竜三や田代信吉が追っぱらわれると、まずイの一番に呼び出されたのが紅花子嬢。何といっても彼女こそはこの事件の大立者である。

「やあ、どうも、わざわざお呼び立てして申訳ありません。さ、どうぞ、そこへお掛け下さい。立っていちゃ何んですから、さ、さどうぞ」

警部ははなはだ愛想がよろしい。しかし紅花子嬢、その手はくわぬとばかり、警戒おさおさ怠りなき顔色で、

「いいえ、あの、このままで結構でございますわ。そして、あたしに御用とおっしゃるのはどういうことでございましょうか」

花子嬢、それがくせのたくみなシナを作りながら、艶然として笑ってみせた。……と、いうよりも艶然として笑ってみせようとしたといった方が正しいかも知れぬ。何故ならばさすがの花子嬢も、その時ばかりは顔面筋肉がサボタージュして、いつものようにたくみに笑えなかったからである。自称二十八歳の豊麗な美貌も、今夜はいくらかケバ立ってみえる。

「ああ、いや、それではあなたの御随意に。ではさっそくですが、殺された石丸啓助氏ですがねえ。あの人についてお訊ねしたいのですが、何かその……一座のなかにあの男に対して怨みを抱いている人物がある……と、いうようなこと、お気附きではありませんか」

「いいえ、一向に」

花子嬢のこたえはいたって簡単明瞭である。

「いったい、あの男はこの一座ではふるいのですか。たしかあなたは、この梟レヴュー団創立時代から所属していらっしゃるのでしたね」

「ええ、そう、もうざっと十年になりますわ。戦争前からですから。多分一番古狸よ。

だが石丸さんはごく新しいんですの。御承知かどうか存じませんが、戦争まえはこのレヴュー団、男禁制の女護が島だったのでございますの。ところが戦争がすんでこういう時代でしょう。女の子ばかりじゃ面白くないというので、試験的に二人だけ男の方に加入していただいたんです。それがあの剣突謙造さんと石丸啓助さんでした」

「ちょ、ちょっと待って下さい。その剣突謙造というのはどういう人物ですか」

「ああ、警部さんの御存じないのも無理はありませんね。ほら楽屋番に佝僂でビッコの物凄い人物がいるでしょう。あれが剣突さんのナレノハテですのよ。あの方、以前はそれほどでもなかったんですけれど、このレヴュー団に加入してからメキメキお売出しになって、一躍人気者になられたんですが、災難というものは仕方がないもので……」

と、花子嬢はそこで剣突謙造遭難のいきさつをかいつまんで話すと、

「それで、ああいう体になられたものだから、楽屋番ということにして……まあ、一種の飼いごろしですわね。ところが、剣突さんのこの遭難で、思わぬ拾いものをなすったのがすなわち石丸さんなんです。それまで剣突さんの陰にかくれて、とかく売出せなかった石丸さんは、その時、剣突さんの代役がついたのがもとで、メキメキと売出して……何しろこのレヴュー団では、男性といってはあの方お一人なもんですから」

「なるほど、なるほど、すると何んですな剣突謙造にとっては石丸君の出世は、あまり快くないわけですな」

「ええ、まあ、ふつうの人情からいえばそういうことになりますわね。でも、剣突さん

はあのとおりボケてしまって……そんなことちっともお感じにならないようですわ」

「いったい、剣突という男の遭難は、ほんとうに災難だったんですか。それともそこに何か作為があるんじゃないですか」

「警部さん、それはほんとうに災難だったんです。あなたのお考えでは、石丸さんが何か企みをしたのではないか。そしてその返報に剣突さんが今度ああやって、石丸さんを殺したのではないか。……と、そういうふうにお考えになるかも知れませんが、それは決してそうじゃないのです。だって剣突さんは今夜、石丸さんがパンドーラの匣をひらくだろうなんてこと、夢にも知っている筈はないんですものね」

なるほど利口な女だわいと、警部は肚のなかで感服した。紅花子嬢はちゃんと警部の肚をよんで、あらかじめ予防線を張っているのである。だが、その予防線は、単に剣突謙造をかばうためであろうか、それとも。……

「そうそう、あの箱をひらくのは、あなたの役だったということですね」

「ええ、そうですの。ですから警部さん、誰があんな仕掛けをしたにしろ、石丸さんが目的でなかったことはおわかりでしょう。あれはわたしを殺すために仕掛けたものにちがいないんです」

花子嬢はまたそろそろヒステリーが昂じ気味である。警部は疑わしげな眼で顔を見守りながら、

「そう、石丸君が箱をひらくということを誰も知らなかったとしたらねえ。紅さん、石

丸君が箱をひらくように話がきまったのは、いったいいつごろのことですか」

「幕のひらく直前でした。あたしが石丸さんの部屋へ出掛けていって、そういう風にお願いしたんです」

警部の眼のなかには、また、ふいとかすかな疑念がよこぎった。

「しかし、それはどういうわけで……？　紅さん。あなたがいまいってることが、いかに重大なことかおわかりでしょうね。ひとつそこんところを詳しく話してくれませんか」

「ええ、あたしよく存じています。うっかりしたことを喋舌れば、疑いはたちまち自分の身にふりかかって来ることはよく承知しております。でも幸いなことには、あたしにはちゃんとアリバイがあるんです」

「アリバイ？」

「ええ、そう。あたしだってバカじゃありませんから、ここへ来るまでには、よくよく自分の立場をかんがえてみましたわ。そして自分にはちゃんとアリバイのあることがわかって安心したんです。警部さん、あのビックリ箱の仕掛けが仕掛けられたのは、三時から四時半までのあいだということになっておりますわね。ところがその時分、あたしは銀座を散歩していたんです。証人もちゃんとありますわ」

「証人？　誰ですか」

「ミドリちゃん。このレヴュー団にいる柳ミドリというひと。今度もあたしの代役がついています。若いけど、とても熱心で有望なひと。あたし銀座で買物をしていたら、偶然ミドリちゃんに出会ったんです。ええ、ちょうど二時半でした。それからあたし、お買物につきあってもらったりいっしょにお茶をのんだりして、楽屋入りをしたのは序幕のひらく十分ほどまえのことでした。だから誰があんな仕掛けをしたにしろ、あたしとミドリちゃんだけは、疑いからとりのけていただくことが出来るわけです。警部さん、これほど完全なアリバイはないと思いますけど……」

「なるほど、それは結構でした。では紅さん、今度はさっきの質問にこたえていただきましょうか。あなたはどうして、箱をひらく役を石丸君に押しつけたんですか」

紅花子嬢は一枚の紙を取出した。

「どうぞ、御覧下さいまし」

その紙片にはこんなことが書いてある。

——汝《なんじ》パンドーラの匣を開くなかれ。もしわが御宣託《ごせんたく》にそむきて箱を開かば、禍たちどころにして至るぞヨ。心せよ、恐ろしき呪い汝のうえにかかれり。ジコーソン様。

「いったい、この紙片はどこにあったんです」

「あたしの楽屋よ……鏡のうえに貼りつけてあったんです」

「誰が書いたのか分りませんか」

「分りません。今まで一度も見たことのない筆蹟です。でも、誰が書いたにしろ、その人、梟座の関係者ですわね。だってその便箋、この部屋にそなえつけのものですもの」

なるほど、デスクのうえにはそれと同じ便箋がおいてある。警部はううむと唸って、

「するとここに、あなたを殺そうとする人物と、反対に救おうとする人物と、この楽屋に敵味方ふたりいるわけですな。ところでジコーソン様、つまり味方のほうはわからないとしても、敵が誰だかわかりませんか。あなたを殺そうとする人物、それほどあなたを憎み、かつ、呪っている人物……あなたはそれに心当りはありませんか」

花子嬢はここにおいて、はげしく頭を左右にふると、

「いいえ、ございません。あたしを殺そうなんて、そんな恐ろしいことを考えてるひとが、この楽屋に……いいえ、この世のなかにいようなんて、そんな恐ろしいこと、あたしとても、信じられません」

「しかし、それにも拘らず、あなたはビックリ箱をひらく役を石丸君に押しつけた。……」

「ええ、そう、警部さん、それこそあたしが何も知らなかったという、何よりの証拠ではありませんか。あんな恐ろしい仕掛けがあると知ったら、どうして石丸さんにそんなことお願いいたしましょう。あたし、石丸さんに何んの怨みもございませんもの。あたしはただ、誰かのいたずらだと思って、ジコーソン様だなんて、あまりフザけているんですもの、だから、何か罪のないいたずらがしてあるんだと思って……それで相手に鼻をあかせてやるために石丸さんにお願いしたんです」

警部はしばらく黙っていたが、やがてデスクの下から取出したのは一本の短剣である。

「これ、御存じですか」

「ええ、知ってます……それ、ビックリ箱に取りつけてあった……」

「いや、わたしの聞いてるのはそのことじゃない。今度これが凶器として使われるまえに、どこかで見たことがあるかと聞いているんです」

花子嬢はしばらく黙っていたが、やがて薄い微笑を片頬にきざむと、

「こんなこと、あたしが隠したって仕方がない。一座の人はみんな知ってるんですものね。それはシバラクさんの商売道具ですわ」

「シバラクさん？　シバラクたあ誰ですか」

「柴田楽亭さんのことですの。いつもそう呼びなれているものですから。……あの方白刃の綾取りが御本職なんです。で、今度もキングコングに扮して、それが見様見真似の猿まねで、白刃の綾取りをして、見物をハラハラさせる場面があるんです。その時お使いになる短剣で、ほかにももう二本お持ちの筈なんですの」

紅花子嬢の聴取りは一応ここで終って、つぎは柳ミドリが呼出されたが、ここには筆を転じて古川万十を追跡していった、頓珍漢小僧野崎六助のその後の消息を述べておくことにしよう。

第七章　わが道をいく

梟座をとび出した野崎六助、恭子さんの忠告にしたがって、まず一番に一六新聞へ電話をかけたが、さあ大変、社内はたちまち、蜂の巣をつついたような大騒動——と、これは電話を通じて六助が判断したところである。

「き、君、そりゃアほんとうかね」

一六新聞の社会部長、岩崎さんという人は、日頃冷静沈着をもって、座右の銘としている人物だが、このときばかりはうっかりと日頃の銘を失念したらしい。

「ほんとうですとも、正真正銘、間違いなしの事実談、嘘だと思うなら梟座へいってみて下さい」

「ふうむ！」

と、岩崎さんの眼を白黒させているところが見えるようだ。

「えらいものにぶつかったね、君は……犬もあるけば棒にあたるというがまったくだ。待て待て、もう一度いまの原稿を読んでくれたまえ。ふむふむ、なるほど、なるほど、簡にして要を得てるね。君にこんな記事が書けるたア思わなかった」

「いえ、なに、それは恭子……いやア、その、今日はじめてですから、なかなかうまく行かんです」

正直者の野崎六助、汗ビッショリである。しかし幸いにしていまだテレヴィジョンの時代に入っていないから、岩崎さんは気がつかない。

「なに、これだけ書ければ大したものだ。つまり、なんだね、パンドーラの匣をひらくと、なかから短剣がとび出して、……つまりびっくり箱の原理だね」

「ええ、そうなんで……これすなわち、びっくり箱殺人事件」

「なに？　びっくり箱殺人事件……？　うわっ！　面白い！　それにきめたア！　その題で大いに煽ってやる。ときに野崎君、君はいまどこにいるんだ」

「梟座のすぐそばの喫茶店にいるんですがこれから銀座へ、重大な証人、あるいは容疑者を探しにいくところなんで」

「なんだア？　重大な証人だア？　容疑者だア？　君がそれを探しにいくんだア？　野崎君、気はたしかだろうね。のぼせているんじゃあるまいね」

「いやですぜ。部長さん、ぼくがいかにトンチンカン小僧だって、そう信用がなくちゃガッカリでさあ」

「いやア、すまん、すまん。それでその、重大な証人の容疑者を見付けたら、それからどうするんだ」

「むろん、そいつをひっぱって梟座へかえります」

「しめた！　あ、痛い！」

「部長さん、どうかしましたか」

「なに、君があんまり素晴らしいことをきかすもんだから、夢中でデスクを叩いたら、ピンがささりゃアがった。おうい、誰か赤チンを持って来てくれえ。よし、それじゃ君はもう一度梟座へ入れるね。いや、入れることは受合いだ。重大な証人の容疑者をつれているんだから。そしたらね、時々刻々、君の見聞するところを報告してくれたまえ。ああ、こうしよう。こっちから、ええと、田村君と浜本君を派遣して、梟座の楽屋裏へ張りこませる。梟座の楽屋にゃア窓があるだろう。そこから連絡をとって、時々刻々、ルポルタージュを寄越すんだ。わかったね。うっかり間違って、八八新聞の連中にわたしちゃダメだぜ」

「しかし、部長さん、外はもうまっくらですぜ。田村君や浜本君の顔がわかるかな。うっかり声を出すと、お巡りに気付かれる」

「ふん、なるほど、じゃ、こうしよう。田村君と浜本君に懐中電燈を持たせる。モールス記号のS・O・S……あの信号を知ってるかい。よし、それじゃそいつが合図だ。わかったね」

「わかりましたア」

電話室をとび出した野崎六助、いささか逆上気味である。無理もない、いまだに岩崎さんの声が耳のはたでガンガン鳴って、まるでまぐろに中毒したみたいな感じである。

そこでこれやアこうしてはいられぬワイとばかり、長い脛を蹴たぐり蹴たぐり、尾張町の角まですっとんだが、そこまで来るとハタとばかりに立往生をしたのである。いったいかれは、新聞社のほうはできるだけサボってもっぱら梟座へ日参しているほどのメイ記者だから、有楽町から銀座八丁、自分ではヌシのつもりでいたのだが、いかんせん、弁慶にも泣きどころ、ジークフリードにもひとところ、槍の立つ個所があるが如く、六助の銀座通にもアナがある。

すなわち六助は下戸である。

下戸にとっては飲屋なんて無用の長物みたいなもんだからさすがの野崎六助も、飲屋だけは未踏の秘境である。しかもさらに怪しからんことは、現今ではあらゆる飲屋が飲屋にあらずてなツラをしているのだから、いよいよもって仕末が悪い。ここにおいて野崎六助、進退まったくきわまったが、世のなか万事、捨てる神あらば助ける神ありである。六助がぼんやり立っていると、ふってわいたのが、カリョービンが風邪をひいたような声で、

「あンら、六助さん、こんなとこでなにしてンのよう」

「いやに深刻なかおしてるじゃないの。どこが悪いの。配給の大豆粉にやられたの。新聞社チョンになったの。スリにでもやられたの」

これすなわち銀座の淑女、パンパン女史である。例によっていちいち名前を詮索するのは面倒だから、かりにA子、B子、C子ということにしておこう。六助にとってはしかし、相手が何者であろうと、カリョービンが風邪をひいていようと、いまいと、時にとって天の助け、渡りに舟であった。

「やあ、おまえら、よいところで会った。このへんに、酒を飲ますうちあるの知らないかい」

「まあ、六助さん、あんた酒飲むの?」

「失恋のヤケ酒?」

「メチルより青酸加里のほうが手っとりばやくってよ」

「バカ、何をぬかす。そんなンじゃないんだ。サル人物がどっかこのへんの飲屋に沈没してるという疑いが濃厚なんだ。そいつを探し出さぬと、おれ、社をチョンになるかも知れないんだ」

「まあ、それじゃ社の用事?」

「六助さん、何か事件?」

「サル人物ってどんな人物なの?」

「うん、まあ、それが殺人事件の重大なる容疑者なんだ」

「殺人事件?」

ここにいたってA子、B子、C子の三嬢は、いっせいに眼をまるくした。

「六助さん、それ、ほんと?　帝銀事件?」

「ううん、そうじゃないが、それよりもっと素晴らしい事件なんだ」

「それを六助さんが探してるの。うわっ!　素敵!　どう、B子、C子、あたしたちも応援しようじゃないの。六助さんひとりでは心細いわよ」

「よし来た。日頃のよしみだ。手を貸さずんばあるべからず」

「裏口営業、一軒一軒シラミ潰しに探して歩こうか」

ガゼン三人の淑女がハリキッたから、あわてたのは六助である。

「チョ、チョ、ちょっと待ってくれ。君たちの御好意はありがたいが、実はその……目下、ぼく、赤字予算なんだ」

「わかってるわよ。何もあんたにタカろうなんていやアしない」

「われわれ、今日は新興財閥、何か善根がほどこしたくって、ウズウズしてたとこなのよ」

「心配しないで、さあ、ついていらっしゃい」

こういう女たちは妙な義侠心を持っているものだが、ひとつにはこれ六助の人徳にもよる。野崎六助、ほかにとりえはないが、気取らぬところが愛嬌で、こういう種類の女たちに妙な人気を持っている。

「いったい、六助さん、そのサル人物とはどういう男なのよ。職業、わかってるンでしょう」

「職業、階級、それによって集まるところがちがうわよ」

「新聞記者は新聞記者、株屋は株屋、会社員は会社員ってふうに、みんな巣を持ってるからね」
三、四軒、ムダ足をふんだ三淑女、すでにいくらか御酩酊の気味である。

「うん、そりゃアわかってる。つまりだね。まあ、いえば芸術家かな。いや、かれ自身芸術家とはいえないが、つまりなんだ、サル芸人のマネージャー——そういう種類の人物だ」

「芸人のマネージャー？　ちょいと、それじゃあそこじゃない？　ほら、新橋際の、わが道をいく……？」

「何んだい、そのわが道をいくというのは……」

「ああ、そうかも知れない。あそこにはいつも古川万十が沈没してるわ」

「そ、そ、それだッ。そこかも知れない。君ィ。わが道をいく……そこへつれてってくれたまえ」

それから間もなく六助が案内されたのは、新橋際のブロマイド屋。ところがこのブロマイド屋というのがゼンゼン曲者なのである。店にならんだ映画女優のブロマイドやなんか見るふりをしながら、A子がすまして、

「わが道をいく」

と、呟くと、番頭が間髪を入れずエヘンと咳払いをして、裏のドアを目顔でしらせた。ドアを入ると、そこは焼跡の煉瓦やなんかがごろごろしている暗い露地、なるほどこれがわが道をいくかと、六助もいささか愉快になった。さて、露地をぬけるとまたドアがひとつ。

A子が信号めいた叩きかたでそれを叩くと、スーッとなかからドアがひらいて、そこ

はまた暗い廊下、ドアをひらいてくれた人物の顔もわからない。三人の女はしかし、そんなことにはお構いなしに、すぐ右手にある階段をおりていく。階段の下にはまたドア。ドアのまえには男がひとり立っていたが、三人の顔を見るとニヤリとわらってドアをひらいてくれる。彼女たち、なかなか顔がきいている。

「さあ、ここよ。ここにいなかったら、まだほかに二、三軒心当りがある。だけど時間がないから、あんた大急ぎで検分なさいよ」

ドアをひらいたとたん、酔っぱらいの喧嘩が、地鳴りのようにきこえてきて、あたりはもうもうたる煙草の煙。六助はすばやくなかを見わたしたが、

「あっ、いたのね」

六助の顔色をよんでいたB子がいきをのんだ。A子とC子も六助の視線を追うて、目差す人物につきあたると、はっと息を弾ませて、

「あら、六助さん、それじゃあんたの探していたの……」

「しっ、黙って、黙って、君たちはたから、よけいなことをいうンじゃないぞ」

六助はそこで深呼吸一番すると、ゴタゴタしたホールを横切って、目差す男に近附くと、

「やあ、万十さん、御機嫌ですね」

と、ポーンと相手の肩をたたいた。

まえにもいったとおり古川万十というのは、ついこの間まで幽谷先生のマネージャー

をやっていたのだが、恭子さんのために断然チョンにされちまった男である。根は悪い男ではないのだが、酒を飲むとだらしがなくなる。なに、ユーコクの出演料が一万円？阿房らしい、そんな出すてあるか。おれにまかせとけ、五千円に値切ってやる、と、いうようなマネージャーぶりだから、これでは恭子さんの逆鱗《げきりん》にふれたのも無理はない。

その古川万十、すでにかなり御酩酊とみえて、髪をもじゃもじゃにぶっさばき、ワイシャツのまえをはだけ、トロンと血走った眼をすえて、何やらしきりにゲタゲタわらっていたが、六助に肩をたたかれると、毛虫にさされたようにギクッととびあがると、

「だ、だ、誰だい！」

チラチラする眼をすえながら、

「万十万十と心易そうにいうない！」

と、憤然としてふりかえったが、そのとたん野崎六助、ギョッとばかりに息をのんだのである。なんと古川万十も、左半面はれあがって、これまた鮮かなブチを呈している。

「ぼ、ぼ、ぼくですよ、万十さん。やだなア、なんだってそんな顔をしてぼくを見るんです」

「ぼく？　ぼくじゃわからん。おれはまだ、眼玉の六つもある怪物に馴染みはないぞ」

「チェッ！　あんなことをいってる。ぼくですよ。ほら、幽谷先生のところでよくお眼にかかったじゃありませんか。野崎六助ですよ」

「野崎六助？　ああ、あのトンチンカン小僧か。あっはっは、そういえばそうだ。よい

ところで出会った。まあ、ひとつ飲め」

「いや、ぼくはダメですが、万十さん、あんた、たいそう景気がいいんですね」

「うん、きょうは大いに景気がよろしい。実はユーコクのやつをいたぶって来てやった」

「あれ、それじゃあんた、幽谷先生をユスって来たんですか」

「ユスる？　おいおい、人聞きの悪いことをいうなよ。しかし……じゃな。あっはっは、そうだ、ユーコクのやつはまさにユスリに相当するやつじゃ。おれもあいつがあんな悪党たア知らなんだ。おい、トンチンカン小僧」

古川万十、そこで俄かにからだを乗出すとギラギラとした瞳をすえ、けだものみたいにベロリと舌なめずりをしながら、

「貴様、きょう梟座でなにか事件が起ったのを知らないか」

「何んですって？　梟座の事件ですって？」

六助はなにやら急に恐ろしいものが胸もとからこみあげて来た。古川万十が梟座をとび出したのは、事件が起るよりまえだった筈である。それだのにどうしてかれは、あの事件を知っているのだろうか。

「うっふふふ。さてはやっぱり突発したな。ダメ、ダメ、かくしてもちゃんと貴様のかおに書いてある。大椿事突発、紅花子がやられたのじゃろう」

「万十さん！　あんた、どうしてそれを……」

「知らずにどうしよう。だからおれは花子のやつに注意してやったのじゃが、あいつめ信用しなかったと見える。どうだ、これでユーコクがいかに悪党であるかわかったろう」

「ご、ご、御冗談でしょう。それじゃあれは幽谷先生のしわざだというんですか」

「そうじゃ。だから悪党だというんじゃ。あいつは元来残忍性をおびとる。その証拠があいつの娘だ。恭子という娘を見い。あいつは食人鬼みたいな女だが、これすべてユーコクの遺伝のしからしむところじゃ。それにな、ユーコクめは花子に対して、ひとかたならぬ遺恨をふくんでいる。それこそ実に、深讐メンメンたる怨みじゃ。貴様知らんか」

六助は腹の底がつめたくなるような感じだった。恭子さんと幽谷先生の顔が、フラッシュバックみたいに頭のなかで回転した。

「あっはっは、貴様何んちゅう顔をしとるんじゃ」

「だって、だって、幽谷先生が紅花子に怨みがあるなんて……」

「ある！　それがあるんじゃ、断然あるぞ！」

きおい立った古川万十、狼みたいに怒号しながら、どすんとテーブルを叩いたが、すると、それが合図ででもあったかのように、電気が二、三度パチパチとまたたいた。

「あっ、いけない！」

叫んだのは隣のテーブルで、話に耳をすましていた、A、B、Cの三淑女である。

「警察の手が入ったのよ。六助さん、早くこっちへ……」

そのとき室内には、わっというような混乱がまきおこっていた。

第八章　赤き赤き心

さて、こちらは梟座の楽座である。紅花子嬢につづいて呼出されたのが柳ミドリで、

「ええ、紅さんのおっしゃることはほんとうです。二時ごろ銀座でお眼にかかって、それからずうっと御一緒でした。お眼にかかった時刻ですか。さあ……はっきり憶えてはおりませんが、たぶん二時ごろだったと思います。それから楽屋入りをする時刻まで、……ええ楽屋入りをしたのは、序幕のひらくちょっとまえのことで、舞台のこしらえは、もう出来ていたようでございます」

これで紅花子嬢のアリバイが完全に証明されると同時に、柳ミドリのアリバイも成立ったわけだ。

「なるほど、そうすると紅君にもあんたにも、ああいう仕掛けをほどこす時間はなかったということになりますな。いや、結構です。ところで、もうひとつ訊ねますがね。あんたのグローヴがなくなったという話だが、それはその後見付かりましたか」

「いいえ、それがまだ見付かりませんの。片っ方だけはあったのですが、もう片っ方がどうしても見付かりません」

「見付からないのはどっちですか。右ですか。左ですか」

「右の方ですの」

「いったい、そのグローヴというのは、いつもどこにおいてあるのですか」

「三階の楽屋……楽屋といってもみなさん御一緒の大部屋ですが、そこにある自分の鏡台のところにいつもおいてございますの」

「それがなくなっていたのですね。なくなっていることに気がついたのはいつですか」

「楽屋入りをしてからすぐでした。あたし、プロローグには出ませんけれど、すぐつぎの幕に出るものですから、支度しようと思ってみると、グローヴが見えないので……いいえ、両方とも見えなかったのです。それでほうぼう探していると、左のほうだけ舞台裏に落ちていました。しかし、右のほうはいまもって見付からないのです」

「柳君、君は幕があくまえに起った騒動を知っていますね。ほら、細木原君や田代君、それらの怪物団の一党がなぐられたという……」

「はあ、噂はきいております」

「ひょっとすると、あの犯人が、君のグローヴをはめていたのではないかね」

「はあ、そうかも知れません」

「すると、犯人はなんだって、あの連中をなぐったか、あなたに心当りはありませんか」

「いいえ、一向に……」

「わからない？　なるほど、わからないというのですね。ところで、柳君、もうひとつ訊ねることがあるが、君は今度、紅君の代役がついているそうですね」

「はあ、あの、パンドーラの……」

「と、すれば、ここでもし紅君の身に間違いがあれば、君は一躍主役をとることが出来るわけですね」

「はあ……、それはそうですけれど……」

「つまり、ガゼン売出せるかも知れないチャンスだ。私は門外漢だからよく知らないけれど、代役を見事にやりおおせたのがきっかけで、ガゼン世間に認められる。そういうことがこの社会には、よくあるというじゃありませんか」

「ええ、そういうこともきいております。でも……」

「君はもしや、何か紅君の身に間違いがあってくれれば……と思ったことはありませんか」

「警部さん！」

　ここにおいて柳ミドリ、ガゼン紅涙サンサンと相成った。

「それは……それはあんまりひどうございますわ。あたし、そんな悪い女じゃありません。それに紅さんには日頃から、ひとかたならぬお世話になっておりますのよ。……今度の代役だって、紅さんの御注文だってことときいております。あたし、あたし、そんな恩知らずじゃございません」

「いや、まあさ、これは話だ。私はなにも特別君を疑っているわけじゃない。よろしいよろしい。泣くのはお止め、それじゃ向うへいって、今度はシバラク君、柴田楽亭という人物にここへ来るようにいって下さい」

鬼をもひしぐ等々力警部も、美しい踊子の涙は苦手と見える。

柳ミドリが泣きじゃくりながら出ていくと、間もなくやって来たのは、六尺豊かなシバラクさん。

「やあ、ふむ、君がシバラク……いや、柴田楽亭さんで」

「はあ、そのシバラクであります。で、御用というのは……その短刀のことでしょうな」

シバラク君、なかなか悟りがよろしい。

「ああ、そう、きけばこの短刀は君のものだそうですね」

「そうです。そうです。だからいまにお訊ねがあるだろうと、かねて覚悟はしていました。警部さん、このシバラクの申すこと、しばらくお聞き下さいまし」

シバラク君、まるで芝居口調である。

「私が楽屋入りをしたのはカッキリ四時でした。私どもの楽屋、二階になっておりまして、蘆原小群をはじめとして、半紙晩鐘、灰屋銅堂、顎十郎の諸君と同部屋なんです。つまりつっこみですな。ところで、今日楽屋入りをしたのは私が一番早かった。そこで私は鞄を楽屋へおっぽり出しておいて、また、外へとび出したのです」

「何か用事があったのですか」

「ええ、そう、この裏にチューリップという喫茶店がある。四時十五分にそこで人とあう約束がしてあったのです。私が楽屋入りをした時刻をハッキリ憶えているのもそのせいで、約束の時間に間にあうかと、腕時計を見たからなんです。さて、チューリップで約束の男にあって……このことはチューリップをしらべていただけばわかります。が……ふたたび楽屋へかえって来たのが四時三十分、そこで大急ぎでキングコングになりすまし、舞台裏へおりていったところをボエン……あとは御存知のとおりです」

「いや、そのことなら知っていますがね、問題はこの短刀のことで……」

「だから、これからそれをお話しようというのでして……せいちゃいけない。しばらく、しばらく。……あっはっは。さて、それから間もなく舞台であのとおりの大騒動。私はすぐに兇器として用いられたのが、自分の商売道具であることに気がつきました。そのときにゃ、私も怒りシントウに発しましたね。だって神聖なる商売道具を、しなもあろうに人殺しの道具につかわれちゃ、これまったく情ないです。そこで、それから間もなく楽屋へかえって調べてみるとないのです。鞘はあるが中に入れてあった筈の短刀がない。そこで私はいよいよもって怒りシントウに……」

「なあるほど」

　警部はそこでガゼン嬉しそうに両手をこすりあわせた。

「すると、だいぶ時間が局限されることになりますな」

「なにがですか」

「だって、君が鞄を楽屋へ投出しておいて、外へとび出したのは四時ちょっと過ぎのことでしょう」

「ええ、そう、腕時計を見るとカッキリ四時。そこで鞄をおいてとび出したというわけです」

「すると犯人があアいうからくりをやったのは、四時から四時半までのあいだだということになる。ね、そうでしょう。ところで君は、舞台であアいうことが起るまで、短刀の紛失に気がつかなかったのですか」

「知りませんでした。だって、私がキングコングで白刃の綾取りを見せるのは、ずっとおわりのほうなんですからね。ときに警部さん、御注意までに申上げておきますが、この事件では少くとももう二へん、人殺しがあるそうですよ」

シバラク君、世にも恐ろしいことを、世にもヌケヌケと放言したから、

「な、な、なんだって！」

等々力警部も驚いて、びっくりして、仰天して、シバラクあとがつづかなかった。

「いや、これは私の説じゃありません。幽谷先生がもっぱら放送しているところですがね。あるいはデマかも知れません。デマだとすれば幽谷先生を、流言ヒゴ罪で起訴しなければいけませんね。何しろ先生の御宣託で、楽屋中大恐怖を来しているんですからな」

「しかし、幽谷さんはなんだってそんなことを……」

「それはこうです。そもそも白刃の綾取りなんてものは、一本だけで演ずべき曲芸じゃない。私も以前は四本から五本と綾取っていましたが、指を一本うしなってからは、三本ということにもっぱら極めている。だからきょうも三本の短刀を、鞄のなかに用意して来た。ところがその三本が三本とも行方不明、つまり犯人が持去ったのですな。これはそもそもいかなるわけぞや、と、こう幽谷先生はいうんです。びっくり箱からとび出したのはただの一本だった。つまり、犯人にとっては一本あれば足りるものを、なぜ、あとの二本を持去ったか、これ、すなわち、あともう二件の殺人事件を企んでいるレキゼンたる証拠であるぞよ。おのおの御油断あるな……と、これが幽谷先生の目下盛んに放送しつつある名論卓説なんです」

「ふうむ」と、ここにおいて等々力警部、眼を白黒させて唸ったが唸り声の余韻いまだジョージョーたるさなかに、突如としてきこえて来たのが、

「キャッ！」

と、いう叫び、ドスンと何か倒れる音、つづいてはげしい怒号と、入乱れた足音と、口々にわめく声々と、女の子の悲鳴。

「ど、ど、どうしたんです」

シバラク君、図体にも似合わず、ガチガチと歯を鳴らしている。警部はすっくと立って部屋を出た。

と、見れば、大道具雑然たるかなたの隅に、踊子はじめ楽屋総出で、凍りついたような群像をかたちづくっている。その群像は糸に操られるように、しだいに輪をひろげ、じりじりと後退していく。警部がちかづいていくと、その輪の中心に、男がひとり足を投出し両手をうしろへついて、茫然としてうえを見ている。レヴュー作者の細木原竜三なのである。ところで、その細木原竜三、さっきはたしか右半面がはれあがって、鮮かなブチをなしていたのに、今度はさらに左半面はれあがり、これまた鮮かなブチをなしている。

　ところで問題は、この細木原君にあるのではない。かれのまえに、これまた茫然たる眼付きでつっ立っている男……ほかならぬ企画部の田代信吉である。しかもその田代君の右手には、まぎれもない拳闘用のグローヴがはめられているではないか。

「あっ、これは……」

　警部がまえへ出ようとするとき、しっかと横から腕をおさえたものがある。

「しっ、黙って！　黙ってしばらく見ていらっしゃい」

　幽谷先生である。

「見ていろ……？　どうして……？」

「あの眼つきをごらんなさい。先生、眠っているんですよ」

「ねむっている……？」

「そうです。これが田代君の病気なんです。戦争で頭をやられて……ときどき、ポーッと記憶をうしなうんです。つまり間歇性《かんけつ》アムネジヤとでもいうんですかな。先生、自分で何をやっているか知らないんですよ」

田代信吉はフラフラと動いた。すると、それに応じて踊子諸嬢その他大勢氏も、声なき声をあげてフラフラと後ずさりした。田代信吉はグローヴをはめた手で、虚空をひっかくような恰好をした。すると一同は又声なき声をあげて息をのんだ。と、そのときである。

突如踊子たちのなかからとび出したひとりの娘が、ひしとばかりに、眠れる田代信吉にすがりつくと、

「先生、あなたはまあ、あなたはまあ……」

そして、ヨヨとばかりにその脚下に泣き伏したのである。柳ミドリであった。

ここにおいて踊子たち、鼻のあたまに皺をよせ、眼ひき袖ひき、意味シンチョーなわらいをうかべたが、このとき幽谷先生憮然として顎をなでながら呟いて曰く。

「赤き赤き心！」幽谷先生華やかなりし頃、すなわち三十年もまえにはやった無声映画の題名である。

第九章　すべてこの世は天国じゃ

トンチンカン小僧の野崎六助、決してバカではない。しかし、たとえにも申すとおり、

大男総身になんとやらで、万事さとりのおそいほうである。

だから裏口営業、「わが道をいく」に警戒警報が発せられて、それから間もなく起ったあのアビキョーカンの大騒動のあいだ、何が何やらさっぱりわけがわからなかった。第一、自分がいまどこにいて、どういう役割を演じているのか、それすらなかなかわきまえがつかなかったほどである。

それでいてかれは、ホールに起った出来事の、一ぶ一什をすぐ鼻先に見ていたのである。いい気持ちに酔っぱらっていた連中が、数珠つなぎになって、青菜に塩とシオシオひっぱっていかれるところから、マスターやマダムが、屠所にひかれる羊のごとく、ソーソーローローとして、お巡りさんに拉し去られるところまで、細大あまさず、つい眼のまえに見物していたのである。

それにも拘らず、六助だけは首尾よく検挙の手をまぬがれたのだから、なんともはや、マカ不思議というべきではないか。

え？　なんですって？　おおかたお巡りさんの眼のとどかぬところにかくれていたんだろうって？　ドウイタシマシテ！

お巡りさんはなんどもかれの顔を見ていたし、げんにあるお巡りさんの如きは、つくづくかれの顔を見直して、

「ちえっ、なんてえ間の抜けた面だろう」

と、無遠慮な悪口をいったくらいである。

それでいて、誰も六助をひっぱっていこうとしなかったのだから、ますますもって不思議ではありませんか。

ドウデス、諸君！

そのとき六助、どこにいたかわかりますか。わからなければ鐘ですゾ。いいですか、あと十秒、あと五秒、あと三秒……カーン。

ハッハッハ。お気の毒でしたね。皆さん、しょっぱい顔をしていらっしゃる。あんまり焦らせて、消化不良を起されても困るから、それではこちらで中上げましょう。

そのとき六助、たしかにホールのなかにいたんであります。ただし、ホールのなかにいたのは六助の顔だけであって、体の他の部分は隣の物置きのなかにあった。つまりかれはホールと物置きをへだつる壁の孔から、顔だけのぞけていた。……ええ？　何んですって？　それではなぜお巡りさんが、かれの顔を見ながら見のがしていったのかとおっしゃるのですか。ソコデス！　マカ不思議のマカ不思議たる所以《ゆえん》は！

……などともったいぶるのはヤメにして、手っ取り早く種明しをするとこうである。

このホールの壁にはいちめんに面がかざってある。お古いところでは、おかめ、ひょっとこ、天狗の面、般若《はんにゃ》の面に翁の面、お目新しいところでは、ベッティー・ブープにミッキー・マウス。ポパイからチャリー・マッカーシーにいたるまで、種々雑多な面が、種々雑多な位置にかざってある。六助が顔を出しているのが、それらの面のどまんなかで、しかも紅と白粉で、ピエロもどきの化粧をしているのだから、さすがの烱眼《けいがん》なる警察官諸公も、てっきりこれを、お面と見あやまったわけである。

ドウデス、諸君、わかりましたか。

それにしてもトンチンカン小僧の六助に、咄嗟の間、よくこれだけの機転が働いたものだと感心してはいけない。むろん、いたって感度のにぶい六助に、こんな小器用な智慧の出る筈はありません。これ、すべてA子、B子、C子三嬢のはたらきで、電気が消えたとたん、

「こっちへいらっしゃい！」

と、素速く隣の物置きへひっぱりこんだ三嬢が、よってたかって六助の顔に紅と白粉をぬたくると、脚榻《きゃたつ》のようなもののうえへかれをひっぱりあげ、壁の孔から手をつっこんで、表にかかっている面をはずすと、うむをもいわせずそこへ六助の顔を押しこんで、

「よくって、じっとしてなきゃ駄目よ。まばたきしちゃバレちゃうわよ」

「クサメが出そうになったら、三べん唾をのみこむといいわよ」

と、いうようなわけで野崎六助、鳩が豆鉄砲をくらったように、瞬きしたいところを一生懸命に辛抱して、あっぱれお面になりすましたというわけである。

それにしても、自分はこれで首尾よく縄目の恥をのがれたが、肝腎の古川万十やアルファベットの三嬢はどうしたろう、どうもさっきひっぱられていった連中のなかに、かれらの姿は見えなかったようだが、いったい、いかなる奇手を弄して、かの悪魔の申し子の如き三嬢は、警官の眼をゴマ化したのであろうかと、六助が壁のうえからそっとホ

ールのなかを見廻しているうちに、つぎの如き対話が耳に入った。

「どうも、これ、エロじゃね」

「はっはっは、あなたは頭が古いから、こんなものでもエロとおっしゃる。いまどきあなた、新宿の芝居へいってごらんなさい。舞台のうえからもっと際どいところを見せてくれます」

「ふむ、そんな話じゃな。どうも怪しからん時代になったものじゃて。これこれ、君、台の下をのぞいてもいかん。これは半身像じゃで」

「惜しいもんですな。同じつくるなら、もう少し下までつくっておいてくれるとよいのに」

「これこれ、くだらん事をいっちゃいかん。そういうことをいうから警官の威信地におちるんじゃ。さては貴公、エロ・ショウで生唾をのみこむ口じゃな」

「はっはっは、よく御存じですな。さてはあなたも……」

と、年とったのと若いのと、お巡りさんふたり、いたって天下泰平である。

この対話を小耳にはさんだ野崎六助、はてなと小首をかしげた。なんとなれば、かれがさっきホールへ入ったときには、半身像も全身像も、そんなものはひとつだって、そこにはなかった筈である。しかるになんぞやいまのお巡りさんの話にふと見れば、いつの間に出現したのか、いとも芸術的な女の裸像が、一つ、二つ、三つまでちゃあんと台のうえにのっかっている。

はて怪しやと野崎六助、思わず眼をこする——わけにはいかぬから、瞳をこらして裸像を見たが、とたんに、

「ひゃあッ」

われにもあらず、恐怖の叫びが唇をついて出たことである。なんと、裸像と見たのはA、B、Cの三嬢ではないか。

三嬢とも、台のうえに上半身をのっけて、玉の肌もあらわに、いとも魅力的なポーズをつくっているのである。トンチンカン小僧の野崎六助、一瞬三嬢とも竹輪のように輪切りにされて、そこへさらしものになったのかと思ったが、すぐそうでないことが判明した。

おそらく三嬢ののっかっている台には、穴があいているのだろう。そして、その穴から双肌ぬいで上半身だけのぞかせているにちがいない。したがって、若いお巡りさんが台の下をのぞこうとしたのを、年寄りのお巡りさんがおしとめたのは、三嬢にとってまことに天佑ともいうべきだった。うっかり台の下をのぞかれたら、それでオシマイともいうべき場面であった。

だが、ここで驚いたのは六助ばかりではない。思わず立てた六助の叫びに、

「キャッ!」

文字どおり床からとびあがったのは、年とったほうのお巡りさんである。ガタガタとおッそろしくふるえながら、

「キ、キ、キ、君ィ……」

「は、は、は、どうかしましたか」

「キ、キ、君は聞かなかった？　い、い、いまの悲鳴を……」

「え、え、ききましたよ。隣の部屋にまだ誰かいるのじゃありませんか。ちょっと見て来ましょうか」

「よ、よ、止したまえ、止したまえ」

「ど、ど、どうしてですか。いったい、どうしたというんです。ひどくふるえているじゃありませんか」

「これがふるえずにいられよか。いまのは人間じゃない。あ、あ、あれは、ユ、ユ、幽霊じゃよ」

「ユ、ユ、ユ……」

　ここにおいて、ガゼン若いお巡りさんも年上のお巡りさんに同調した。

　戦慄の二重奏である。

　これには六助も驚いた。驚いたつぎには呆れた。呆れたつぎにはおかしくなった。しかし、ここで吹出しちまっては万事休すである。必死となっておかしさをこらえている六助の唇をついて、しかし、不本意ながらもほとばしり出るのは、

「ムムムムム！」

と、いう抑圧された笑い声。いかさま、ききようによっては、それが苦痛の呻き声と

もとれぬことはない。

「キャッ!」

年とったお巡りさんは、ふたたび立高跳びのレコードをつくった。それからホップ・ステップ・アンド・ジャムプ、見事三段跳びの世界記録をもって一目散にドアの外へと び出した。古語にいわずや、大将うたれて残兵なんとやら、されば若いほうのお巡りさんも、これまた立高跳びのレコードをつくり、ついで三段跳びの新記録をもって、見事にドアの外へけしとんだのである。

「いったい、ありゃ……どうしたんだい」

監視の眼がなくなったので、やっと壁のさらしものからのがれた六助が、隣の物置きから出て来ると、

「しっ、まだドアの外にいるわよ」

A、B、Cの三嬢も台の穴からぬけ出してすばやく洋服を着直した。いや、六助もやっとこれで落着いたことである。

「どう、六助さん、あたしたちの計画は?」

「いや、恐れ入ったもんだ。もうしばらくいまの品評会を見せつけられたら、ボクもお巡りさんのように、三段跳びの新レコードをつくるところだ」

「はっはっは、六助さん、案外心臓が弱いのね」

「しっ、静かに、静かに、テキはまだドアの外にいるじゃないの。あのふたり、ここの

見張りに残されたのよ。どうする。あの連中が頑張ってちゃ、とてもここぬけ出せやしないわよ」

「弱ったア。ときに古川さんは……？」

「しっ、黙って、何かいってるわよ」

抜足差足、一同がドアの内側へ忍びより、そっときき耳を立てていると、外ではこんな話である。

「ふむ、ああ、君が知らんのも無理はないな。あれは君がまだこっちへ来ないまえの出来ごとだったからな。ふむ、そりゃ話せといえば話さんこともない。実はね、この地下室には曰くインネンがある。世にも恐ろしき一場の物語があるんじゃ」

「はあ、そ、その世にも恐ろしき物語というのは……」

「つまりじゃな、この地下室で三年まえ、つまり終戦直後のことじゃな、実にその、物凄い殺人事件があった」

「殺人事件？　人殺しですか」

「さよう、殺人事件というからには人殺しじゃな。犬や猫が殺されたのは、いまだ殺人事件とはいわぬようじゃ」

「わかりました。で、殺されたのは誰ですか。男ですか、女ですか」

「男と女と両方じゃ、しかも女は一人じゃない。三人だ」

「ひえッ、三人の女が殺されたんですか。そして男は」

「野郎は一人さ」

「なるほど、そして殺された三人の女というのは、むろん、美人だったんでしょうな」

「モチロン。被害者は常に美人ときまっとる。ところがその女たちの殺されかたというのが、実にサンビの極でねえ。三人とも胴体を輪切りにされていた」

「輪切りですって？　すると、なんですね。いま見て来た三つの半身像の如きものですね」

「キ、キ、君ィ、ツ、つまらん事をいうもんじゃない。ありゃ君、石膏かなんかでつくってあるんじゃろ。わしの見たのは世にもなまなましき……」

「え、そ、それじゃ、あなた、御覧になったんですか。その輪切り美人を……」

「おお、見たとも。だからいっそう、この地下室には印象が深いのじゃ。それ以来、この部屋では真夜中になると、男の呻き声がきこえる。女の悲鳴がきこえる。と、ところで君ィ、さっきの裸の女じゃが、ありゃアほんまに石膏像だったろうか。ひょっとすると……」

「ひょっとすると」

「殺された女がかりに姿を……」

「げ、そ、それじゃあれは女の幽霊？　きゃっ！　あ、あ、ありゃア、な、な、なんです」

「なんじゃ、なんじゃ、ど、どうした……きゃっ！」

ふたりのお巡りさんが、三度立高跳びのレコードをつくったのも無理はない。

そのとき、ドアの内側からきこえて来たのは世にも怨めしそうな呻き声の四部合唱。

「あゝゝゝ！　いゝゝゝゝ！　うゝゝゝゝ！　えゝゝゝゝ！　あゝゝゝゝ！　いゝゝゝゝ！」

そして、やがて音もなくドアが内側からひらいたかと思うと、現れ出でたのは男一人に女三人。引摺るような白い着物から、真っ赤な滴がポタポタ垂れて、その物凄い顔つきったら！　しかもこれが足音もなく、

「あゝゝゝ！　いゝゝゝゝ！　うゝゝゝゝ！　えゝゝゝゝ！」

と、呻き声の合唱をしながら、暗い廊下へ現れたから、怒髪天をつく。文字どおりお巡りさんの帽子が宙にういたかと思うと、

「うわっ！」

われがちに一目散に階段を駆けのぼった。今度はどうやらマラソンの新記録をつくるつもりらしい。

「うまくいったわ。さあ、いまのうちよ」

アルファベットの三嬢は、まとうていたテーブルクロースをかなぐりすてた。血と見えたのはどうやら葡萄酒であったらしい。

「ちょ、ちょ、ちょっと待ってくれたまえ。古川さんはどうしたんだい、古川万十氏は」

「あ、忘れてた」

「あのひとカチンカチンになってやしないかしら」

あわをくった三嬢がとってかえしたのは調理場、そこにある大冷蔵庫の扉をひらくと、

「古川さん、万十さん、もうよくってよ、出ていらっしゃい」

と、声をかけたから驚いたのは六助だ。眼を皿のようにして、

「げ、そ、それじゃ君たち、こんなところへ万十さんを……」

「いいわよ。悪くいったところで凍りマンジュウが出来るだけのことじゃないの。あら古川さん、御機嫌ね」

いかさま、古川万十氏、上機嫌も上機嫌も日本晴れの御機嫌である。それもそのはず、冷蔵庫のなかには、カストリの瓶がやまとつまっている。

「うわあい！　すべてこの世は天国じゃ。飲み放題の食い放題、こりゃこりゃこりゃだ」

万十氏は大浮かれである。

「これ、いけないわよ。とてもおとなしくついて来やあしないわよ」

「六助さん、このひとどこへつれていくつもり？」

「うう、梟座へつれていかなきゃならないんだ。万十さん、万十さん」

「やかましい。誰だ、マンジュウ、マンジュウと心易くいやアがるのは。あっはっは、まあ、いいや、一杯のめ。このカストリは素敵だぞ。苦の世界とは誰がいうた。すべてこの世は天国じゃ」

「あれ、冷蔵庫のなかで踊ってるよ。とてもこれじゃ出て来やアしない」

「いいわ、あたしにまかせておきなさい。万十さん、ちょっと、ちょっと、この酒、これなんでしょう。レッテルがとれてるんだけど、これ、ジョニー・ウォーカーじゃない？」

「な、な、なに、ジョ、ジョニー……」

冷蔵庫のなかから首をつき出したのが運のつき、かくし持ったビール瓶で脳天をボエン。

「あ、そ、それは……」

「いいわよ、こうでもしてノシておかなきゃ、とても扱えやアしないわよ。さあ、お巡りさんが引返して来ないうちに、早くかついでいらっしゃい。あたしたちも手伝ったげる」

まったく、至れりつくせりの親切であった。

第十章　古川君の胸に

「パ、いえ、あの、センセ、犯人はほんとうに田代さんなんでしょうか」

「さあてね、警部さんはそういう見込みで田代君、だいぶしめられてるふうだが、果して犯人は田代信吉でありましょうか。あとは来週のお楽しみ……」

「と、いうのは古いですね。いまどきのお客さん、とても来週まで待ちゃアしない」

「来週どころか警部さん、明日までも待ちゃしませんぜ。どうでも今夜のうちに挙げちまうってハリキってまさあ」

「いったい、もう何時かね」

「ソロソロ十一時が来ますぜ」

「十一時？　すると今夜はどうでもお通夜かな」

「お通夜はいやだな。ソロソロお開きにしてもらいたい」

「そうはいかんよ。お開きにしたが最後、犯人が逃亡しちまうオソレがある。しかし、灰屋君お開きにしたいんなら、したいでここにひとつ妙案がある」

「先生、それはどういうことですか。先生は意地が悪いなア、そんな妙案があるなら、さっさと披露して下さいよ」

「はっはっ、アゴさんでも早く帰りたいかね」

「デモはないでしょう。これでもちゃんと恋人が待ってます」

「おやおや、アゴさんでも恋人があるかね」

「アゴさん、君、キッスするウ？」

「あッたりまえでしょう」

「だけど、アゴさん、キッスとは翻訳すると接吻と書くんだぜ。君、吻を接すると、アゴが三寸さがりゃアしない？」

「屋の根が三寸さがると丑満時だが、アゴが三寸さがると何時だろう」

「つまらないことといっこなし。それより先生、早くお開きになる妙案というのをお聞かせなさい」

「おやおや、まるで脅喝だね。いや、それじゃ聞かせるがね。大の男が毛脛をそろえてここでこうして小田原評定をしていてもはじまらない。そこでまず籤《くじ》をこさえますな」

「ははア、アミダでもやりますか」

「さにあらず。そういうことをいうから、ユーコクの一党は食い意地が張ってるといわれます。そもそもこの籤たるや、人間愛、同胞愛、同類愛の発露でね。籤に当った奴が犠牲になる」

「犠牲になるとは？」

「さればじゃ、籤に当ったやつは、まずおおそれながらと警部さんのまえに名乗って出る」

「何んと名乗って出るんですか」

「何んと名乗って出るってわかってるじゃありませんか。石丸啓助君を殺害したは拙者である。したがって余人に罪科はござりません。どうぞかえしてやって下され……」

「なるほど。それは名案ですね。そこでわれわれは早速、無罪放免、晴天白日ということになるわけですね。いや、先生、どうも有難うございます」

「有難う？　どうしてじゃね」

「いや、先生が人間愛の、同胞愛の、同類愛を発揮して、犠牲者の役を引受けて下さろうとおっしゃるンでしょう。諸君、偉大なるわれらの勇士に敬意を表したまえ」

「センセー」

「ちょ、ちょ、ちょっと待ってくれたまえ早まっちゃいかん。いやなに、なるほどそういわれればこのユーコク、蘆原小群をのぞいては、この場では一番年嵩でもあり、どうせ老先短いからだだから、大いに同胞愛を発揮してもよろしいところだが……」

「センセ、ちょっと、センセー」

「ほら、あのとおり、マネージャーの牽制急なるものがある。で、遺憾ながら、無条件で犠牲者にはなりかねる。ひとつ公平にいきやしょう。つまり籤をひいて……」

「ところで、先生にお伺いしますが、籤に当って名乗って出た結果はどうなりましょう。百万円貰えるでしょうか」

「慾張っちゃいけません。富籤じゃあるまいし。まあ、悪くいけば死刑じゃな」

「なるほど、悪くいけば死刑ですか。で、よくいけば……」

「さよう、よくいってもやはり百万円はダメじゃな。よくいって、そうだな。まあ、死刑かな」

「すると、よくいっても死刑。悪くいっても死刑ということになりますな」

「まあ、そんなところやろ。そこがそれ、犠牲の犠牲たるユエンですね」

「なるほど、それは大変な御名案ですが、わたしはまあ御免蒙りましょう」

「御免蒙ると棄権という意味ですな。諸君、シバラク君は棄権するそうですが、諸君は……？」

「私もシバラクさんに同調しましょう」

「私も……」

「ボクも……」

「やつがれも御辞退申上げましょう」

「何んだ、それじゃ全部じゃないか。仕方がない。折角の名案も、こう賛成者がなくてはひっこめざるを得ません。よろしい、潔く撤回いたします。その代り、これでいよいよお通夜ということにきまりました」

まことに春風駘蕩たるものである。幽谷先生の楽屋に集まった怪物団諸公の話しぶりをきいていると、今宵ここで殺人事件があったなどとはとても思えない。常日頃、こういう世界に馴れている恭子さんだったが、このときばかりは、呆れかえってしばらく言葉も出なかった。

しかし、ここで恭子さんがいつまでも呆れていては、話の筋が進行しないから、ガゼン彼女に発言して貰うことにする。

「センセ、ちょっと、センセたら……」

「はいはい。マネージャー、何か御用で？」

「いえね、さっきのことね、ほら、田代さんのことよ。あれ、変だとはお思いになりません？」

「うん、そりゃア変だよ。しかし、あれは病気でね。かれ氏、ときどき、ああして発作的に夢遊病におそわれることがある」

「いえ、そうじゃありませんのよ。あたしのいってるのはそのことじゃありませんのよ。田代さん、さっき、右手にグローヴはめてたでしょう？」

「うん、右手にグローヴはめてたよ」

「それ、おかしくはなくって？　だって、あの方、左利きなのよ」

あっ。――と、幽谷先生は、思わず大きく眼を瞠《みは》った。

「なるほど、なるほど、そういえば田代君左利きだったね」

「ね、そうでしょう。ところが皆さんのお顔を拝見すると、ブチになってるのは、揃いも揃って左の頬っぺたですわね。向うから来たひとに、ボエンとやられた場合、被害を左の頬っぺたに受けるとすれば、犯人はとりも直さず、右利きということになるのじゃございません？　これをもってあたしの考えるところを述べるならば、田代さんは無罪であると断ぜざるを得ません。おわり」

「ヒヤヒヤ。恐入った。あっぱれ名案。諸君、もって如何となす」

「いや、驚きました。これは幽谷先生などのマネージャーにしておくのは勿体ない」

「まったく！　恭子さんにシャーロック・ホームズになって戴いて、先生には逆に、ワトソンを勤めていただくんですな」

「そして、一刻も早く事件を解決、われわれを缶詰の憂目から開放して戴きたいもので……」

「あら、おだててもダメよ。実はね、いまのはあたしの推理じゃないの。ひとから聞いた受売りなのよ」

「はてな。この梟座に恭子さん以上の名探偵がいるとは驚きました。いったい、それは誰ですか」

「柳さん、ミドリさんよ」

あ、なアるほどと、一同会心の微笑とともに、世にもいじらしげな溜息をもらした。

「なるほど、あっぱれなもんですな。恋は人を盲目にするというが、どうしてどうして恋こそ人間の心眼をひらく。田代君を想う一心から、ミドリ嬢、ひとかどの名探偵になりすました。しかし、細木原君はなんというじゃろう。かれ氏、ボエンとやられた当の本人だから……」

「ところが、その細木原さんも、実際は、犯人の姿を見たわけじゃなかったンだそうよ。暗がりの中からボエンとやられて、いっとき失神状態におちいった、そこへふらふらと田代さんが大道具のかげから現れたんですって」

「あ、なるほど。すると田代君、いよいよ有利に展開したわけだね」

「ええ、そう、だけどセンセ、このボエンと石丸さんを殺したのと、いったいどういう関係があるンでしょう」

「さあ、そこじゃて。われわれにはまだわからんが、そこに何んともいえぬ微妙な関係があると思えるんじゃが……」

と、幽谷先生が入歯を落した口をもぐもぐさせながら、しきりに顎を撫でている折しもあれや、ドスドスバタバタと大変な足音をさせてとびこんで来たのは、ほかならぬトンチンカン小僧の野崎六助。

「恭子さん、恭子さん、つれて来ましたよつれて来ましたよ、古川万十……」

と、ここまでいって野崎六助、はたとばかりに口をつぐんだ。その刹那、幽谷先生の顔面筋肉が、一時に硬直した――かのように思えたからである。

恭子さんはしかしそんなことに気がつかない。

「あら、そう、御苦労さま」

六助に向うと恭子さん、とたんにスーッと冷くなる。

「そして、古川さん、どこにいるの」

「オペラの怪人の部屋ですよ。ほら、楽屋口の。……何しろすっかり酔っぱらって正体もなにもないんです」

「恭子や、古川君がどうかしたのかね」

気のせいか、幽谷先生がすっかり元気をうしなっている。六助はなんだか腹の底が冷くなるようなかんじであった。

「パパ、いえあのセンセ、古川さん、今日ここへ来てたんでしょう。あたし、表であったのよ。そのときの様子がただごとではなかったから、何か今度のことを知ってるンじゃないかと思って、六助さんに探しにいってもらいましたの」

「なるほど、それはよく気がついたことで……」

何んとなく幽谷先生の声は怨めしそうである。

六助の腹の底は氷点下に温度が下った。

恭子さんはしかしまだ気がつかない。

「六助さん、それじゃいってみましょう。剣突さんと一緒にいるのね」

しかし、古川万十は剣突謙造の部屋にいなかった。きいてみると、

「さあ、……」

と、剣突謙造、一向要領をえない。どうやらかれが便所へいっている間に、どこかへいったらしいというのである。

「どこへいったんでしょう。表へとび出したかしら」

「聞いてみましょう」

しかし、楽屋の外にはお巡りさんが張番していて、誰も出ていったものはないという。

「じゃ、この小屋のなかにいるわけね。探してみましょう」

「ええ、探してみましょう」

だが、どこを探しても古川万十の姿は見えなかった。

舞台裏をうろうろしている踊子たちに聞いてみても、誰も知らぬという。

「まあ、どこへ雲がくれしたんでしょうねえ、六助さん、古川さん、何かいってやしなくって？」

「い、いいえ、別に……」

六助、炭団《たどん》を口から押しこまれたような声であった。

「変ねえ、ひょっとすると……」

「ひょっとすると？」

「いいえ、あの人、酔っぱらうと高いところへあがりたがるくせがあるのよ。だから、もしや、舞台のうえの簀《す》の子《こ》にでも……あら、そこにいるの誰？」

恭子さん、突然、舞台裏に立ちすくんでうえを仰いだ。

まっくらな天井の簀の子のうえをミシリミシリとわたる足音がする。

「ああ、恭子かい、わしだよ」

「まあ、パパ、そんなとこで何していらっしゃるの？」

「古川君を探しに来たんだよ。あいつ、酔っぱらうと、高いところへのぼるくせがあるからね」

「で、古川さん、いらっして？」

「ああ、いた。それから、シバラク君の二本目の短刀が見つかったよ」

「どこに？」

「古川君の胸に……」

第十一章　誰がために笛は鳴る

六助と恭子さんは一瞬舞台の中央で棒立ちになった。イワクありげな二人の様子に、バラバラと人々が周囲にむらがって来る。

「恭子さん、どうしたの」

そう訊ねたのは紅花子嬢である。

「紅さん、古川さんが見つかったのよ」

「古川さん？」

「ええせんに父のマネージャーをしていた人。それからシバラクさんの二本目の短刀も……」

「短刀が見つかったの、どこに？」

「古川さんの胸に……」

恭子さんも父幽谷先生の真似をして警句を吐いた。

「まあ！　それじゃ古川さんも殺されたの」

大きく眼をみはった紅花子嬢、胸を張ってこれからまたもや得意のコロラチュラを張上げようとばかり、ゼスチュア甚だよろしかったが、折しもあれや、うえからポトリポトリと落ちて来たものがある。

「あら、これ、なに？」

「まあ、これ、血じゃない？　血だわ、血だわ、キャッ」

「アレェッ」

「タハハ」

一同が右往左往しているところへ、とび出して来たのは等々力警部。

「ど、どうしたんだ。何を騒いでいるんだ」

「警部さん、古川万十が見つかったんです」

「ナニ万十が見つかったア？　どこのヤミ屋で……？」

「いえね、古川万十というのは幽谷先生のせんのマネージャーなんです。それからシバラクさんの二本目の短刀が見つかりましたよ」

「どこに」

「万十さんの胸に」

野崎六助、これがいいたかったのである。等々力警部は眼を丸くして、

「なんじゃ。それじゃまた人殺しがあったのかい。そして、死体はどこじゃ」

「あそこですよ」

六助がひょろ長い腕で天井を指さすと、

「そこにいるのは誰か」

等々力警部がかみついた。

「わたしですよ。幽谷ですよ。ちょっと待って下さい。いまおりていきます。剣突さん、いいですか」

幽谷先生の声に一同ふっと顔を見合わせた。どうやらオペラの怪人もいるらしい。やがて滑車のきしる音がしたかと思うと固唾をのんだ一同の頭上から、しンずしンずとおりて来たのは、こさえものの銀舟、これすなわち「パンドーラの匣」のフィナーレにおいて、紅花子嬢が唄いながら天下って来ようという百万ドル・レヴュー中でのクライマックス、拍手喝采請合いという場合に使う道具だが、いまやその舟に鎮座ましますのは幽谷先生とオペラの怪人。そして舷から半身乗り出し、仰向けになって倒れているのは、まぎれもなく古川万十。なるほど、胸にぐさりと、シバラク君の二本目の短刀が突っ立っている。

幽谷先生、そのときいささか得意であった。メーキャップこそ落しているが、衣裳はまだカリガリ博士のままである。しかも幽谷先生の顔たるや、メーキャップをしてもせンでもすこぶるスリラー向きに出来ているのだから、これがかたえにオペラの怪人、足下に古川万十の死体をしたがえて、しンずしンずと舞いくだって来たところなンざ、実にもって夏なお寒きスリラーの極致であった。

「これが万十という男か。ふンん。いままで一度も顔を見せなかったが、いったいどこにかくれていたんだ」

「いや、これはいま、ぼくが銀座からつれて来たばかりでしてね」

「そういう君は一体誰じゃね」

「ぼくは野崎六助という一六新聞の記者です」

「新聞記者ア？　これは怪しからん。新聞記者がどうして無断で入って来た」

「いや、あの、それは……実はね、この古川万十という人物ですが、これがこの事件に重大なる関係を持っているに非ずやと思われる節があるんでして。……そこでわざわざぼくが銀座裏からつれて来たんですが、悪いことをしたなア、こんなことになると知ったら、連れて来るんじゃなかったなあ」

ついさっきまで、すべてこの世は天国じゃといっていた古川万十の、打ってかわったこの姿。さすがトンチンカン小僧の野崎六助も、ウタタ無情の風に誘われずにはいられなかった。柄にもなく心の中でナムアミダブツと念仏をとなえたが、いずくんぞ知らん、古川万十はちかごろジコーソン様にもっぱら帰依していたという噂である。

「よし、君はあとで調べる。しかし万十はなんだってあんなところへあがっていたんだ。いや、誰があんなところへ連れていった」

「いや、それについては私から説明しましょう」

やおら舟からおり立ったのは幽谷先生。

「この万十というジンはですな。昔から酔っぱらうと高いところへのぼりたがるという奇癖を持っておった。銀座などで酔っぱらうと、奇妙に電柱へのぼりたがる。つまり酒が入ると、人類は猿と祖先を同じゅうしているという証拠を身をもって示したがるンですな。さて、さっき六助君が万十氏をつれて来た。つれて来たがすがたが見えんときいて、はたと思いあたったのが彼氏の奇癖、さてはどこか高いところにひそんでいるのであろうと探していたところが、案の定でした。しかし、案の定は案の定でも、発見するのがいささかおそかったですな。まんまと犯人氏に先廻りをされたというわけですて」

「すると、犯人も万十君の日頃の奇癖を知っているということになりますな」

「ま、そういうことになります。それとも、犯人氏があそこで、何か人に見られたくないことをやっているところへ、フラフラやって来たのが万十君の運のつき、ということになるのかも知れません。前者の場合とすると、古川万十は犯人にとってつごうの悪い何事かを知っていたということになり、後者だとすると、これは万十君の災難ということになる、私はどうも前者ではないかと思う」

「と、いうのは？」

「ごらんなさい。万十君の左半面もブチになっている。これ即ちですな、彼氏もゲリラの襲撃をうけた証拠で、ひょっとするとそのことについて何か知っていたのかも知れん」

「ふうむ、ところでこの剣突君はどうしてあんなところにいたんです？」

「さあて？　このひとは私よりあとからのこのこはいあがって来たんじゃが、こういうジンですからね。どうしてってこともないでしょう」

まったくオペラの怪人は、訊問に対しては難攻不落、不死身である。気にいらんことがあると、警部がどんなに叱りつけても、プイと向うへいってしまう。何しろ気ちがいみたいなものだから始末がわるい。

「ふむ、よし、とにかくわしは現場を見てくる。君たちどこへもいっちゃいかんぞ。あとで一人一人アリバイ調べをする」

等々力警部は天井裏へはいあがっていったが、そこでほっとしたのが野崎六助。

「恭子さん、お願い！」

「なによ、六助さん、だしぬけに」

「記事。キジ、キジ。又々梟座の怪事件という奴です。ぼく、これからすぐに記事を送らねばならん。表に社のものが待っているんです」

「あら、じゃ、原稿書けばいいじゃありませんか」

「ところがぼく、文章と来たらカラッペたですね、文章とナマコは大嫌い、後生だからさっきみたいに、簡にして要を得た記事、キジキジ！　お願い、大急ぎ、大急ぎ！」

「ああら、まあ、あなたそれでも新聞記者？」

「なんでもいいから口述口述。又々、梟座の怪事件……それから」

「ふふふ、大変な記者もあったもンね、仕方がない、じゃ、しゃべってみるわ。又々梟座の怪事件……舞台にそそぐ鮮血の雨……よくって？　さきにわが社がいちはやく報道したる如く、梟座においては人気俳優石丸啓助氏殺害事件によって、上を下への大騒ぎを演じているが、ここにまたもや十重二十重《とえはたえ》……十重二十重はちと大袈裟かしら、いいわ、どうせこんな記事、誇張はつきものよ、ええと十重二十重と警察官のとりまいている中に殺人事件が突発した。この度の被害者はかの高名なる……よくって？　高名なるよ、人気絶大、名声サクサクでもいいわ、深山幽谷先生の以前のマネージャー古川万十氏にして、思うに万十氏は、犯人の秘密を知っているがために殺害されたのであろうという」

「な、な、なんですって、恭子さん」

「なにがなによ、どうしたの、六助さん」

「だって万十氏、犯人の秘密を知っていたために殺されたなんて、そんなこと書いていいですか」

「いいわよ。うちのセンセもさっきそういってたじゃないの。万十さん、誰が紅さんに対して、遺恨コッズイか知っていたのよ、だから犯人にさきを越されて、……あら、どうしたの、六助さん、顔の色がまっさおよ」

「いや、ぼく、なんでもないです」

六助はあわてて額の汗をぬぐった。もし恭子さんにして、さっき「わが道をいく」でもらした万十の言葉を知っていたら、おそらく最後の一項は取消したにちがいない。

「ああ有難う、とにかくこの記事送って来る」

一階も二階も人眼が多くていけなかった。そこで三階へあがって来て、窓をひらいて階下を見ると、月明りのほの暗い路地を、二つの影がぶらついている。田村君と浜本君にちがいない。六助がライターをともしてふるとさっそくひとつの影が窓の下へ忍んで来て、懐中電気でＳ・Ｏ・Ｓ。

「オーケー」

と、ばかりに野崎六助、いまの原稿を落してやったが、いずくんぞ知らん、この記事こそ後世まで永く社内の語りぐさとなろうとは！　ここに一寸、六助の書いた原稿の一半を披露しておこう。

又々梟座の怪事件　舞台にそそぐ鮮血の雨

さきにわが社がいちはやく報道したる如く、梟座においては、人気俳優石丸啓助氏殺害事件によって、上を下への大騒ぎを演じているが、ここに又もや十重二十重、十重二十重はちと大袈裟かしら、いいわ、どうせこんな記事誇張はつきものよ、ええと十重二十重と警察官のとりまいている中に殺人事件が突発した。この度の被害者はかの高名なる、よくって、高名なるよ、人気絶大、名声サクサクでもいいわ、幽谷先生の……（以下省略）

これを読んで岩崎部長が、いかに抱腹絶倒したかは事余聞にゾクするからここに略す。

それはさておき、これでほっと肩の荷をおろした六助が、階下へおりようとするところへ、ミシリゴトリ、ゴトリミシリと妙な足音がきこえて来たから、六助思わずはっとした。そもそも梟座の三階は大部屋になっている。そこにタムロしているのは、これすべてワンサ諸嬢。ところでワンサ諸嬢はあいつぐ怪事に、センセンキョーキョーとして、みんな階下でスクラム組んで、おりおりキャッとかアレッとかいう悲鳴をもって、この怪事件にお色気を添える役目をつとめているのだから、いまどき、こんなところへあがって来るものがあろうとは思われぬ。

はて怪しや、曲者ござんなれとばかりに、素速く物陰に身をかくした六助が、息をコロして待っていると、やがてあがって来たのは剣突謙造、即ちオペラの怪人である。オペラの怪人は例の無表情なかおつきで、ヌッと大部屋へ入っていくと、ずらりと並んだ鏡台のなかから、ひとつをえらんで抽斗をひらいた。それはどうやらミドリの鏡台らしい。

はてな、奴さん、何をしているのかなと見ていると、やがてオペラの怪人は、鏡台の中から何やら採り出し、そいつを採って出て来ると、いま六助が記事を送った窓から投げすてようとする。そのとたん、背後から躍りかかったのは六助である。

オペラの怪人も驚いて、六助の手をふりほどこうとする。六助は背後から羽搔いじめにしたまま、相手の採っているものをとろうとする。相手はとられまいとして手を差上げる。しかし、事背くらべにかけてはおよそ六助にかなうものはない。六助はついに相手の持っているものに手をかけたが、そのときである。

「モギャーッ」

六助、あっとばかりに立ちすくんだ。その間にオペラの怪人は、六助の腕をのがれて一目散、ミシリゴトリ、ゴトリミシリと逃出した。

あとには六助、呆然として掌中にのこったものを見詰めている。それは実に、なんともいえぬへんてこなしろものなのである。

直径七センチ、長さ三十センチぐらいの、色布でつくったソーセージみたいなもので、さきにお碗ぐらいの球がついており、その球には色とりどり、世にもグロテスクなお化けの顔がかいてある。そして腸詰めの内部は、針金じかけのバネになっていて、頭をおさえるとぐっとちぢむ。

そして、おさえた手をはなすと、ぴょこんとのびる拍子に、

「モギャーッ」

と、奇声を発するのである。

六助は急におかしくなった。だが、そのおかしさの底には、なんともいえぬ無気味さがある。オペラの怪人はなんだってこんなものを、しさいありげに外へ捨てようとしたのだろう。柳ミドリは何んだってこんなものを、鏡台のなかにかくしていたのだろう。

六助はなんの気もなくお化けの頭をおさえてみる。それから手をはなしてみる。

「モギャーッ」

そのとたん、階段のところで、

「キャッ!」

と、それこそまぎれもなく人間の声がしたから、六助がびっくりしてふりかえると、

それは柳ミドリであった。六助、心中大いにアヤシンで、

「何だ。ミドリちゃんか。いまごろなんだってこんなところへやって来たのだ」

「あらまあ、六助さんなの、あなた剣突のおじさんを見なかった？」

「君、オペラの怪人に何か用事かい」

「ええ、ちょっと……それはそうと六助さん、さっき変な声がしたわね。あれ、なアに」

「あっはっは、あれか、あれはお化けさ」

いいながら、両手をうしろへまわすと、

「モギャーッ」

「キャッ！」

ミドリはいきなり六助の首っ玉へかじりついた。

「六助さん、いやよ、いやよ、意地悪ね、教えてよ、あれ、何んの声？」

「だからお化けだといってるじゃないか」

と、うしろ手でお化けの操作を行うと、

「モギャーッ」

「キャッ！」

ミドリはいよいよ強く六助の首っ玉へかじりつく。はっはっは、これは面白い。

「モギャーッ」

「キャッ」

「モギャーッ」

「キャッ」

誰がために笛は鳴る、野崎六助大いに悦に入ってモギャー、キャッを繰返していたが、折しもあれや、

「六助さん、それ、何んのざまですか。アラいやらしい」

南無三、しくじったりと野崎六助、あわててミドリを突きはなした時すでにおそしである。

恭子さん、柳眉を逆立てて烈火の如く御ゲキリンであった。

第十二章　闇からの声

さてこちらは幽谷先生をはじめとして怪物団の御連中、順繰りに警部のまえへよびだされ、厳重にアリバイ調べをうけたが、残念ながら誰一人、確実なアリバイを立証出来るものはなかった。

それというのが、古川万十のすがたが見えぬというので、それっとばかりみんなてんでバラバラに散って、思い思いの方角を探していたのだから、アリバイのないのも無理はなかった。

怪物団のほかには、マネージャーの熊谷久摩吉氏、作者の細木原竜三君、それから女では紅花子嬢と柳ミドリ嬢、さては深山恭子さんまでアリバイ調べをうけたが、これまた奇妙にアリバイがなかったから、ここにおいて等々力警部の顔色は、ガゼン雲行きケンアクと相成った。

改めて一同を作者部屋に召集すると、警部はジロリと凄味のある一瞥で、まず一同のシンタンを寒からしめておいて、

「かくも揃いも揃って皆さんにアリバイがないというのは、これ尋常とは思えませんな。きっとこれにはわけがある。さよう、何かわけがあると断ぜざるを得ん」

等々力警部はここぞとばかり、ドシンと拳固でデスクを叩いたが、不幸なことにはその拳固の下にインキ壺があったからたまらない。インキがひっくりかえって、警部の拳固はインキだらけとあいなった。

「わっ、誰じゃ、こんなところへインキ壺をおいといたのは？　何？　まえからインキ壺はそこにあった？　怪しからん、何がおかしい。うしろのほうでクックッ笑っているのは誰か」

「はっ、私であります」

と、名乗って出たのは、案外にも容疑者諸公ではなくて、刑事の一人であったから、警部はまるで、泥棒をとらえてみればわが子なりテナ顔付きとなった。

「何だ、君か。バカ、つまらん事を笑っておらんと、よく気をつけるんじゃ。ところで

諸君」

と、警部はそこで再び威厳をとり戻し、かの物凄い一瞥で、もう一度一同のシンタンを寒からしめると、

「かくも揃いも揃ってアリバイがないというのは、これすなわち、諸君が何かかくしている証拠だ。さよう、諸君はきっと何か知っている。知っていながらお互いにかくしあっているのだ。これすなわち共同謀議の証拠だ」

「警部さん、それはチと御無理ですよ」

と、横から口を出したのは、いたって喧嘩っぱやい半紙晩鐘君。

「われわれは何も、こんな事件が起るとまえもって知っているわけはなかった。したがって、いちいちアリバイをつくっておこうなんて、考えいたらなかったのも無理はないじゃありませんか」

「これは晩鐘君のいうとおりだ。アリバイのないということが、すなわちわれわれの潔白な証拠じゃありませんか」

と、いきまいたのは灰屋銅堂。銅堂君いまや悍馬《かんば》のごとくハイヤドードーといきり立っている。

「さよう、さよう、共同謀議ならあらかじめ、事前に打合せをしておいて、出鱈目にしろなににしろ、お互いにアリバイの立証しっこをやりますな」

これは蘆原小群である。

「出鱈目でよろしかったら、ゴマンとアリバイを申立てる。なあ、諸君」

と、柴田楽亭。そうじゃそうじゃと一同これに相和したから、作者部屋はたちまち蜂の巣をつついたような騒ぎになったが、理の当然に、警部もこれには一言もない。そのときやおらかたわらから、時の氏神を買って出たのは幽谷先生で、

「諸君、ま、静かに、静かに。ここで警部さんをやりこめたところではじまらん話じゃ。問題は一刻も早く、犯人をつかまえていただくことだが……ときに警部さん」

「はあ何か用事かね」

「あなたはいま、アリバイの立証出来るものは一人もないとおっしゃったが、ここに一人、これ以上確実なアリバイはないという、立派な証人を持ってる人物がある筈じゃありませんか」

「誰かね、それは……？」

「すなわちそこにいる田代君、あの際あなたはもっとも有力な容疑者として、田代君を取調べ中だったが……」

「ところが……それがいかんのじゃよ」

警部はいくらか鼻白んだ。

「いかんとは？」

「実はな、取調べの最中に催してな」

「催したとは？」

「どうも大豆粉にやられたらしいのじゃよ。宮仕えはつらいよ。薄給のうえに職業柄、ヤミをやるわけにもいかんからね。つい、大豆粉を食ったところが……」

警部が正直に勤労生活者の苦境をうったえたから、これには一同、さっきの反感も打忘れ大いに同情を催したことである。

「それはまたお気の毒な、そして御難産でしたか」

「ふむ、大分長時間を要して、やっとスガスガしくなって出て来たところが、舞台のほうであの騒ぎじゃ。それでつい田代君のことは失念していたのじゃが……これ、田代君、ここへ出なさい」

「はあ」

田代信吉はやっとアムネジヤよりさめたが、まだ見果てぬ夢を追うような眼つきをしている。

「わしがここをとび出していってから、君はどこでどうしていた」

「さあ、どこをどうしていたといったところで……実はさっき気がついたところが、ひとりションボリここに坐っていましたので、しまった、さてはまた病気が起ったかと、外へとび出してマゴマゴしてるうちにあの騒ぎで……」

ここにおいて完全に、アリバイの立証出来る人物は皆無となったから、警部の顔色はまたぞろ険悪となって来た。再び凄味のくわわって来た眼付きでジロリジロリと一同を睨めまわしていたが、そのときはっと思い出したように、

「あっ、あの男はどうした。一六新聞の記者だとか名乗った男……」

「あああのトンチンカン……」

うっかり顎十郎がもらしたから、警部は烈火の如くいきり立った。

「なんだ、トンチンカン？　トンチンカンたア何のことか！」

警部もいささかヒガミ気味である。

「いえ、警部さんあなたのことじゃありませんから御安心下さい」

「あの野崎六助という男には、トンチンカン小僧というアダ名がありましてね」

幽谷先生たくみにとりなしながら、あたりを見回わし、

「そういえば六助君のすがたが見えんようだが、先生、どこへ行きおったろう」

「パ……いえ、あのセンセ、その野崎さんなら三階にいますわ。呼んで来ましょうか」

と警部の言葉もまたずにとび出したのが恭子さん、そこでさっきのモギャー、キャッの一件にぶつかったというわけだが、野崎六助どこまでも運が悪かった。神妙に警部のまえに出たのはよかったが、

「野崎六助というんだね。一六新聞の記者だといったが、記者証を持っているかい。持っていたら見せたまえ」

と、等々力警部に訊ねられ、

「へえ、持っていますよ」

と、内ポケットをもぞもぞ探しているうちに、運の悪いときには仕方がないもので、

からたまらない。

「モギャーッ」

と、とび出したのがさっきのお化け、奇声一番、警部の鼻っ柱へまともにとびついた
「タハハ！」

警部は椅子ごと、もろにうしろへひっくりかえった。

「貴様、な、何をするか！」

警部の怒りはついに爆発したが、これはまことに無理もない話である。

六助はびっくりして青くなった。青くなったつぎには赤くなった。赤くなったつぎには紫色になった。かくて得意の七面鳥の神技を実演しながら、しどろもどろでお化けをひろいあげようとするところを、いやというほど警部に尻を蹴とばされたからたまらない。

「タハハ」

と、ばかり野崎六助、その最大なからだをもって床にのびちまったのは、まことに醜態そのものであった。警部もこれでいくらかさきほどよりの憤懣がおさまったらしい。

床に落ちているお化けをひろいあげると、

「なんだい、これは……」

といじくっているうちに、ああら不思議や、

「モギャー」

と、来たから、さきほどより手に汗にぎっていた一同は、どっとばかりに大笑い。警部はこれでまたぞろお冠りがまがって来た。

「貴様！　こういうおもちゃをもって、本官を愚弄するか！」

「め、滅相もない。そ、それについてはぜひとも警部さんにお話したいことがあるんでして、……」

野崎六助、うらめしそうにお臀《しり》を撫でながら恭子さんのほうを振返った。いまの醜態を恭子さんに見られたかと思うと、それが一番つらいのである。恭子さんはいい気味だとばかりそっぽを向いている。さっきのモギャーキャッの一件が、まだ胸にのこっているらしい。

「なに、このおもちゃについてわしに話がある？」

「へえ、そうなんで。実はさっきオペラの怪人、あの剣突謙造君が、人目をしのんで三階へあがっていく様子、そこでぼくがつけていくと……」

嘘も方便ということがある。六助君、たくみにその方便を利用して、

「奴さん、三階の大部屋へ入っていった。そしてずらり並んだ鏡台のなかからとり出したのがそのおもちゃで……」

「それは誰の鏡台じゃね」

「そ、それは……誰の鏡台かわかりません。何しろあそこには、沢山鏡台がならんでいますからね」

と、六助君、ふたたび方便を利用すると、

「それはさておきオペラの怪人、そいつを取り出すと三階の窓から外へ投げすてようとする。そこへぼくがとび出して、大格闘ののちに手に入れたのがすなわちそれで……警部さん、これにはよくよく仔細があるにちがいありませんよ」

警部はまじまじと六助の顔色を見ていたが、急に一同のほうをふりかえると、

「ああ、いや、諸君。諸君は一応ここをひきとってくれたまえ。わしはこれからこの男に、いろいろ訊ねたいことがあるから」

と、やっと一時釈放ということになったから、ほっとしたのは怪物団のめんめんで、ゾロゾロと幽谷先生の部屋へひきあげて来ると、

「時に先生、よいものがあるんですがご披露いたしましょうか」

と、喜色満面にうかべているのは灰屋銅堂。

「何んだい、よいものって?」

幽谷先生、なんだかうかぬ顔つきである。

「ほうら、これです。どうです、諸君!」

と、まるで手品師みたいな手付きをしながら、銅堂君が両方のポケットから取り出したのが、なんと二本のサントリー。

「わっ、灰屋君、それはいったいどうしたんじゃね」

蘆原小群、早くも舌なめずりである。

「実はね、オペラの怪人の部屋で見つけたんですよ。聞くところによるとこのサントリー、万十君が持ちこんだものらしい」

「万十君が……？」

「さよう、万十君、ここへ来たときへべれけに酔ってたそうですが、まだそのうえにこの二瓶を御持参だったそうで、いわばこれはかれ氏のかたみです。どうです、諸君、ここでカタミわけにあずかって、大いに故人の追憶にふけろうじゃないですか」

「さんせい」

いや、呆れたものである。幽谷先生をのぞいては、悉《ことごと》く双手をあげたからまさに多数決。

たちまちにしてサントリーの口は切られた。

「まったく、酒でも飲まなきゃやり切れねえや。なんでえ。アリバイ、アリバイと、蟻《あり》が夜這いをしようが、しまいが、こちとら人間様の知ったことかい。どうです、先生、一杯……」

半紙晩鐘君は早くも巻舌になっている。

「いや、わたしは、ま、よそう」

「どうしたんです。先生、いやにシュンでるじゃありませんか。先生にしてよそうなどとは……そう考えこんでるところを等々力警部に見られたら、犯人にされちまいますぜ」

と、シバラクさん。

「ふむ、そ、その犯人については、わしにひとつの、ヒクッ、心当りがあるンじゃが、ヒクッ、ヒクッ、ね」

と、そのとき俄かに膝を乗り出したのは、いうまでもなく蘆原小群である。

「け、そ、それはほんとうですか」

「ショーグン、おどかしちゃいけませんぜ」

「いや、こ、これはヒクッ、け、決しておどかしに非ずさ。ユ、幽谷さんや」

「小群、なんですか」

「さっき、あ、あ、ヒクッ、ヒクッ、あんたは、ぶ、舞台の、ヒクッ、ヒクッ、だ、台のうえにパ、パ、パ、パ……」

「じれってえなパンドーラの匣ですか」

「そ、そ、そ、それじゃ、それじゃ、ヒクッ、ヒクッ、それをのっけた者こそ、ヒクッ、ヒクッ、は、は、犯人じゃといわれたが……」

「そういいましたよ。そしていまもその信念にかわりはありませんね」

「と、と、ところが、わ、わ、わ……」

「わたしは……」

と、顎十郎が補足する。

「そ、そ、ヒクッ、ヒクッ、その人物を、ヒクッ、ヒクッ、ヒクッ、み、み、見たんじャよ。げ、げ、げんに、こ、こ、この眼で……ヒクッ、ヒクッ、ヒクッ」

　ここにおいて一同ガゼン、シーンと鎮まりかえったのである。

「ショーグン、ほんとうですか。そ、そして、それは誰ですか」

　幽谷先生、俄かに膝を乗り出した。

「そ、そ、それはな。ヒクッ、ヒクッ、ヒクッ、あ、あ、あ……」

「あ、あ、あの……ですか、あいつですか」

　顎十郎もじれったそう。

「ヒクッ、ヒクッ、ヒクッ、ヒクッ！」

　ああ呪わしき哉、ショーグンの酒癖、飲めば必ずもよおすシャックリ。

　一同手に汗握って、

「ショーグン、しっかりして下さいよ。そいつはいったい誰なんです」

「そ、そ、そ……」

「そいつは……？」

「ヒクッ、ヒクッ、ヒクッ！」

　あ、ショーグンは何か知っている。そして、それを打ち明けようとしている。それにも拘らずこのシャックリ。

「そ、そ、そ……」

「そいつの名は……？」

「ヒクッ、ヒクッ、ヒクッ、ヒクッ！」

とうとうショーグンのびちまった。酔いつぶれてゴロリと横になると、ヒクッ、ヒクッを連発しながら高イビキ、一同、思わず顔を見合わせた。誰もかれも汗びっしょりだ。

「せ、先生、ショーグンはほんとうに犯人を知ってるんですぜ。まさに危機一髪というところで……」

「悪い癖が出たもンじゃねえ」

幽谷先生、憮然として顎を撫でたが、そのとたん、フーッと電気が消えたから、一同はっと息をのんだが、折しもあれや、闇をつんざいてきこえてきたのは、

「キャッ、アレエッ……」

と、いう悲鳴。しかも素晴らしいコロラチュラ。そういう素晴らしい発声の出来るのは紅花子嬢よりほかにはない。

スワとばかりに一同は、闇の廊下にとび出した。ショーグン一人あとに残して……

第十三章　歴史は夜つくられる

まったくあとから考えると、思慮が足りないといえば足りなかった。

しかし、いかに思慮綿密なる人物といえども、だしぬけに電気が消えて、キャッ、アレエッをきかされたのでは、ここでアリバイをつくっておこう。……テナ、のんきな事

は考えられなかったであろう。

いわんや、思慮いたって綿密ならざる怪物団諸公のことだから、廊下へとび出すと、わっとばかりに暗闇のなかを、思いおもいの方角に散ってしまったから、これでいよいよ、完全にアリバイがなくなってしまったのは、まことに残念至極のことどもではあった。

幽谷先生もむろんその一人である。ほかの諸君にくらべると、先生はまずまず思慮のあるほうである。しかし遺憾ながら先生は、やっぱり多分に野次馬カタギを具備していて、これがしばしば先生の思慮分別を帳消しにするばかりか、赤字を出して赤恥をかくという場合が少くないのである。

このときの幽谷先生がそれであった。年甲斐もなく、若いものといっしょにとび出して、

「紅花子嬢の運命、果していかがあいなりましょうや」

などと、つまらんことをホザキながら、暗闇のなかをまごまごしているうちに、とうとう仲間からはぐれて、完全にひとりぼっちになってしまった。

「これ、灰屋銅堂君。シバラクさんはおらんか。半紙晩鐘君いずくにありや。これ、これ顎さん顎十郎君」

幽谷先生ひとりひとり名前を呼んでみたが、誰ひとり返事をするものはない。気がつくと、梟座の楽屋は、シーンとしずまりかえって、さながら、無人の境の如しである。

幽谷先生、にわかにガタガタふるえ出した。

颱風の中心にも、無風清朗なる眼があるごとく、こういう大椿事大事件のさなかにも、ときとして、一瞬の静けさがみなぎりわたることがあるものだが、いまがちょうどその瞬間だったのだろう。

電気が消えた瞬間、蜂の巣をつついたようにきこえていた踊子たちの叫び声も、警部や刑事の気ちがいじみた怒号も、その瞬間、ぴったりと鳴りをしずめて、梟座のなかは、真夜中の墓場のごとき静かさとあいなった。

おそらく誰もかれも、一瞬のこの静けさに気をのまれて、いきをころして暗闇のなかにうずくまっているのであろう。考えてみると、それも無理のない話で、なんしろ、うっかり声を立てて自己の存在を明かにしたがさいご、いかなる怪物がおどりかかって来んとも限らぬ場合だから、いずれも韜晦《とうかい》戦術をとっているのである。

幽谷先生もそれに気がつくと、急に無気味さがこみあげて来た。

(桑原、桑原、さっきのおれの声をきいて殺人鬼めが、いつおどりかかって来んとも限らぬ。こりゃこうしては……)

そこで幽谷先生は、取急ぎいどころをかえる必要をかんじた。

手さぐりの屁っぴり腰で、ぬきあしさしあし、暗闇のなかをあてもなく歩いていると、ふときこえて来たのは怪しいささやき。幽谷先生、はっとして立止まり、きくともなしにきき耳を立てていると。……

「先生、御気分はいかがですの。もうすっかりおよろしいんですの」

「ああ、有難う、ミドリちゃん。もう大丈夫だよ。どうやらシャッキリした」

「そう、よかったわ。でも、ずいぶん警部さんにしぼられたんでしょう」

「そりゃサ、仕方がないさ。相手は人を疑うのが商売だから。しかし、ミドリちゃん」

「ナーニ？　先生」

「君はボクを信じてくれるだろうね。ボクが犯人でないということを……」

「えええ、信じるわ。信じますとも。誰がなんといおうとも、あたしだけは先生の味方よ。先生のようなやさしい方が、人殺しだなんて……、そんなバカな……あたしだけは先生を信じてるわ。信じているわ」

「有難う、ミドリちゃん。そういってくれるのは君一人だ。礼をいうよ。しかしねえ、ミドリちゃん」

「ナーニ？　先生？　どうかして？」

「実はねえ。……」

「実はねえ？」

「君にはいいにくいんだがねえ。いつか君と約束したこと。……あれ、取消しにしてもらいたいんだ」

「いつか、あたしと約束したことを取消しにする……？　先生！」

「………」

「先生、先生のいってらっしゃるのは結婚のこと……？　それを取消すとおっしゃるの？」

「………」

「先生、どうしてなの？　ねえ先生、どうしてなのよう。このミドリに何か悪いことがあって？　何か気に入らないことがあって？　先生、先生、ひどいわ、ひどいわ、いまさらになって……」

「うんにゃ、ミドリちゃん。そうじゃないんだ。君に悪いことがあるなんてとんでもない。ボクがあの約束を取消してほしいというのは、みんな君のためなんだ」

「あたしのため……？　なぜなの？　なぜあたしのために約束を取消さなければならないの。いや、いや、いやよ、いやよ、あたしそんなこと……」

「これ、ミドリちゃん、よくお聞き、ボクのような男と結婚したら、きっと君は不幸になるよ。だって、ボクには、ほら、ああいう病気があるだろう？」

「まあ、それで約束を取消すとおっしゃるの。だって、そのことなら承知のうえで、あたし先生に……それに、先生の御病気も、ちかごろはたいへんよくなったとおっしゃったじゃありませんか」

「ところがそうじゃないんだ。自分ではよくなったつもりでいた。だからこそ、ミドリちゃんとああいう約束をしたんだがやっぱりいけないんだ」

「いけないとおっしゃると……？」

「げんに今夜なんか、二度も発作を起している」

「二度……？　あら、だって先生が発作を起されたのは、万十さんが殺された、あの時きりじゃありませんか」

「うんにゃ、そのまえにも一度起している。きまりが悪いからボクは誰にもいわないのだが……」

しばらく沈黙。ややあってミドリの声。

「いいわ、先生、先生が一晩になんど発作を起されようが、あたし構やアしないわ。いいえ、先生の御病気がよくなっていないとすれば、いっそうあたしが必要なわけだわ。先生、ねえ、後生だから、約束を取消すなどとおっしゃらないで。……あたし、あたし。……」

「ミドリちゃん！」

「先生！」

ひとしきり衣ずれの音がサヤサヤしたかと思うと、暗闇の中にて何をかしけん、あたりのしじまをつんざいてきこえて来たのは、

「チュッ！」

世にも悩ましい物音だったから、幽谷先生タハハとあいなった。

これ以上、二人は若いというような情況を謹聴していると、骨抜きになるおそれがあるので、桑原桑原とばかりに、足音しのばせ抜足差足、ふらふらと歩いていると、あア

ら不思議、またもやきこえて来たのが怪しいささやき。幽谷先生、われにもなく、ふたたび利き耳を立てる羽目に立ちいたった。

「ダメよ。いくら弁解してもききません。アラいやらしい。モギャー、キャッ、あれ、いったいなんのざまよッ」

「だからさ、ボク、さっきからさんざあやまっているじゃないか。いいかげんに機嫌なおしておくれよ。恭子さんにおこられると、ボク、立つ瀬がない」

「立つ瀬がなかったら横になっていらっしゃいッ」

「そんな意地の悪いことというもんじゃないよ。ボク、決して柳君に変な気持をもって、あんなことしてたんじゃないんだよ。柳君があまり怖がるもんだから、つい、面白半分に……」

「だから、だらしがないというのよ。あんた、いったいお幾つ？」

「としの事ならさっきもいったよ」

「なんべんでも聞くわよ。だって、あんまりおとなげないじゃありませんか。大部屋の女優さんと鬼ごっこをしたり、モギャー、キャッで、ミドリちゃんに抱きつかれてよろこんだり、いったい、あんなおもちゃを持ってよろこんでる年だと思って？」

「だからさ、そのことなら、さっきも警部さんのまえでいったじゃないか。ありゃア何も、ボクのおもちゃじゃないんだ。オペラの怪人の剣突謙造が……」

「嘘おっしゃい」

「嘘じゃないってばさ」

「嘘よ、嘘よ、嘘にきまってるわよ。剣突さんがあのとおりの状態で、何をいわれても弁解出来ないのをいいことにして……あなた卑怯よ」

「ちがう、ちがう、ダンゼン、ちがう！　あれはたしかに、オペラの怪人の持ってたもんなんだよ。だけど、ちょっと不思議なことがある」

「不思議なことって何よ」

「さっき、警部さんのまえではいわなかったけれど、オペラの怪人はあのモギャーを、へんなところから取り出したんだよ」

「変なところって、大部屋にならんだ鏡台のひとつからでしょう。そのことなら、さっき警部さんのまえでいってたじゃないの」

「うん、だけど、問題はその鏡台のぬしなんだ。警部さんのまえでは、誰の鏡台だかわからんといっておいたが、実は、ボク、ちゃんと知ってるんだよ」

「まあ！　そして、誰の鏡台なの、それ……」

「柳君さ。ミドリちゃん……」

「六助さん！」

「な、なんだい、ど、どうしたんだい、恭子さん」

「あなたって人は……やっぱりそうなのね。ミドリちゃんに気があるのね。ミドリちゃんに迷惑がかかっちゃ可哀そうだというので、それで……それで……わざとそのことを、いままで伏せていたのね」

「ちがう、ちがう、ダンゼン、ちがう！」

「ちがうって、どうちがうの？　ダンゼンなんて生意気よ」

「生意気でもなんでも、ちがうことはちがうというよ。恭子さん、これは聡明なる君にも似合わないね」

「あら、何が……六助さん、あなた、いよいよ出でて、いよいよ生意気よ」

「生意気でもなんでもいいよ。恭子さん、まあ、考えてごらん。あのモギャーは柳君の鏡台のひきだしにあったんだよ。それにも拘らず柳君は、モギャーの正体を知らなかった。知らなかったからこそ、あんなに怖がって、ボクの首っ玉にかじりついたんじゃないか。これ、変だと思わないかい？」

「なるほど、そういえば変ねえ」

「変さ、大いに変だよ。それをもってボクがツラツラ按ずるに……」

「あら、六助さんでもツラツラ按ずることがあるの？」

「そりゃあるさ、こう見えてもボクは一六新聞の記者だからね」

「わかった、わかったわ。で、六助さんがツラツラ按ずるに……？」

「……ですな。柳君はそのようなシロモノが、自分の鏡台のなかにあることを夢にも知らなかった。自分の鏡台のことはさておいてかかる奇声を発するモギャーなる怪物が、この世に存在することすら知らなかった、と、いうよりほかにない」

「なるほど、そういえばそうねえ」

「でしょう。それに柳君のことは、ボクより恭子さんのほうがよく御存じの筈だが、彼女はそのような怪物をもてあそんで喜ぶというが如き習癖を持っていますか」

「そうねえ。ミドリちゃんにはそういえばそんな悪戯っ気はみじんもないわね。しかしそうすると、どうしてあんなおもちゃがミドリちゃんの鏡台のなかにあったんでしょう」

「これ、即ち、何人かが、ソッとミドリちゃんの鏡台のなかへかくしておいたんですよ」

「と、いうことになるわね。だけど、その何人というのはいったいだアれ」

「そりゃア、もういうまでもなくオペラの怪人にきまってますさあ。あいつ、ちゃんとそこにモギャーのあることを知っていたんですからね」

「だけど、どうしてそんなものを、ミドリちゃんの鏡台のなかへかくしておいたの。いいえ、それよりいったい、あのモギャーにどういう意味があるというの」

「さあ、それればかりはこの六助が、いかにツラツラ考えてもわかりません。だけどねえ恭子さん、ただこれだけのことはいえると思うんです。あのモギャーには、何かよほど重大な意義があるにちがいありませんよ。だってね、あいつはそれをこっそり、窓から外へ捨てようとしたんですからね」

「だけど、その重大な意味というのは……」

「残念ながら、それはボクにもわかりません」

しばらく沈黙。ややあって六助の声。

「恭子さん」

「ナーニ？」

「それはそれとして、ボク、恭子さんにあやまらなければならぬことがあるんです」

「なんのこと？　ミドリちゃんのことなら堪忍してあげるわ」

「ううん、そうじゃないんです。ボク、つい、警部さんにしゃべっちまったんです」

「警部さんに、何をしゃべったの」

「先生のことを……」

「センセ、うちのパパのこと？」

「そ、そ、そうなんです」

「まあ、うちのパパがどうしたというの」

「実はねえ、これ、ボクの考えじゃないんですよ。万十さんの意見なんです。万十さんのいうのには、パンドーラの匣にああいう仕掛けをほどこしたのは、幽谷先生にちがいないというんです」

「六助さん！」

「ま、ま、待って下さい。だから、これ、ボクの考えじゃないといってるじゃありませんか。万十、古川万十の意見なんですよ、ボク、もっとよくきこうと思ったんだけどあいにく臨検があったりしたもんだから……」

「そんなことどうでもいいわ。だけど、うちのパパがなんだってそんなことをするの？」

「それがねえ、ボクにもよくわからないが万十さんのいうのには、幽谷先生は紅花子嬢に対して深讐メンメン、遺恨コッズイであるというんです。恭子さん、あなたなにかそのようなことに思い当……あっ、キョ、キョ、キョ、恭子さん、ど、ど、どうしたんです。しっかりして下さい。しっかりして下さい。恭子さん、恭子さん。……チュッ！」

六助、早いことやったらしい。世にも妙なる音が暗闇のなかからきこえたから、幽谷先生、またもやタハハとあいなるところであったが、いまはそれどころではない。

顔面蒼白……いや、暗闇のことだから、顔色までは識別出来なかったが、ソーソーローロー、ガタガタブルブル、すこぶる複雑なあしどりで、ふらふら歩いているうちにいやというほど足の下にふみつけたのは、何やらグニャリとした柔いもの。幽谷先生、あっと叫んで、かがみこんだが、そのとたん、ぐにゃりとしたものが、ぴくっと起き上ると、いきなり幽谷先生の足に武者振りついて、

「キャッ、アレエッ！　人殺し……」

とんでもない、濡衣《ぬれぎぬ》である。幽谷先生、あわてて相手の口をおさえたが、とたんにパッと電気がついた。

と、見れば、そこは舞台である。そして舞台の上手に田代信吉と柳ミドリが、舞台の

下手にはトンチンカン小僧の野崎六助と恭子さんが、ともに相擁して恍惚たる風情であった。そこまではよろしい。ところが、そのあとがまことにいけない。怪しからん光景であった。

舞台の中央には幽谷先生が、カリガリ博士の扮装ものすごく、いままさに紅花子嬢の首をねじ切らんとするところであった。……かのように誰の眼にも見えたのであった。

「ああ、歴史は夜つくられる!」

幽谷先生、観念の眼をとじた。……かのようにこれまた誰の眼にも見えたのであった。

第十四章　ショーグン暁に死す

一瞬、舞台上は恐怖の群像であった。怪物団諸公に踊子たち、熊谷久摩吉や細木原竜三さては等々力警部や刑事たち、その他大勢の一団が凍りついたように幽谷先生と紅花子嬢のカットーを見守っていた。

花子嬢もしばらく化石したように、幽谷先生の顔を視詰めていたが、やがて毒虫にでも刺されたように、幽谷先生の手をふりはらってとびのくと、

「まあ、先生でしたの。やっぱりあなたでしたの」

幽谷先生もやっと気を取直した。ハンケチを出して、あわてて額の汗をぬぐうと、

「紅君、感ちがいしちゃ困る。やっぱりとはなんじゃね。すると君ははじめから、この

ユーコクを疑っていたのかね」

「あら、いいえ、あの、そんなわけじゃございませんけれど……」

そうはいうものの、花子嬢、幽谷先生を視詰める眼のなかには、あからさまな恐怖のいろがいっぱい漲っている。

「ねえ、紅君、思いちがいしちゃ困るよ。君はね、いまここで気を失って倒れていたんだ。ね、そうだろう。そこを暗闇のなかでつい、わたしが、それと知らずにふんづけた。それではっと気がついた君は、いきなりわたしの足に武者振りついた。それはいい。それはいいがあとがいかんじゃないか。いけませんよ。何も知らないわたしをつかまえて、人殺し……とんでもない、濡衣です。そこでわたしは君の口にふたをしようとしたところが、そこへパッと電気がついて……あっはっは、ねえ、諸君、とんだお茶番です。嘘ですよ。冗談ですよ。わたしがなにも紅君を……」

等々力警部が幽谷先生のそばへちかづいて来た。そして、例によって相手のシンタンを寒からしめんずんばおかぬ、物凄い一瞥をジロリとくれた。

「やあ、警部さん、今晩は……いや、なにあっはっは、警部さん、あなたも御存じでしょう。紅君はかんちがいしてるんです。紅君、さっき暗闇のなかで何者かに、首をしめられて気をうしなった。そこをわしがふんづけたので、紅君、正気にもどったんでしょう。いわばわたしは紅君にとっては、命の恩人みたいなもんです。活を入れてあげたんだからね。それをなんぞや、人殺し……これは、ちと、酷ですな。さりとは辛いですね。

しかし、わが賢明なる警部さんは、もとよりそのようなことは信用なさらない。ええ、もちろんですとも、信用なさる筈がありません。なんとなればこのユーコクには、紅君を殺す動機などミジンもない……」

「ミジンもない？」

警部が鸚鵡返しにたずねてにやりとわらった。どうも気になるわらいだ、薄っ気味の悪い笑いである。

「ええミジンも……」

「ありませんか。どうも妙ですな。人の話によると、紅花子さんはあなたにとって、遺恨コッズイ、深讐メンメンであるというんですがね」

「このわたしが？　紅花子嬢に？」

幽谷先生、ゼスチュアたっぷり、世にも奇っ怪至極であるというふうに、顔面筋肉を躍動させたが、いっこう効果的でないことを覚ると、ガラリと戦法をかえて、

「わかりました。あなたがたは初日の舞台で起った出来事をいってるンですな。しかしあんなこと、冗談ですよ。あっはっは、まさか、あんなことのために、あっはっはっは、このユーコクが花子嬢に対して、遺恨コッズイ、深讐メンメンとは……あっはっはっはっはのは！」

ユーコク先生、ここをせんどと豪傑笑いを試みたが、残念ながら、その豪傑笑いも、途中で硬直したように、ふるえ声におわったのは、竜頭蛇尾というよりも、むしろ藪蛇

であった。

等々力警部はまた凄い一瞥をジロリとくれると、ニヤリと気味の悪いわらいをうかべた。

「ユーコクさん、問うに落ちず、語るに落ちるとはこのことですな。あなたは初日の舞台で、この花子嬢に手ひどい悪戯をされた。あなたはそのために大失態を演じて、面目丸潰れとなった。それ以来、あなたは遺恨コッズイ、虎視タンタンと復讐の機会をねらっていられたのだ。どうです、あなたも深山幽谷と、人に知られた人物だ。ここらで潔く兜をぬがれては……」

等々力警部、言葉こそおだやかであったが眼元煌々、ハッタとばかりに幽谷先生をにらんだ勢いは、とても大豆粉のために下痢をしている人とは見えなかったことである。

さて、ここで、初日の舞台で紅花子嬢がやった悪戯というのを説明しておこう。

それはゴーカケンラン、百万ドル・レヴュー「パンドーラの匣」の第何齣目かであった。

カリガリ博士の幽谷先生が、意気揚々と舞台へ登場した刹那、ツルリ！　見事にすべってころんで、紅花子嬢はじめ、ロケット諸嬢そこのけとばかりに、高々と脚をあげる羽目になったから、満場どっと大笑い、ユーコク先生ことごとく面目をうしなったのであった。

さるにても、ユーコク先生がどうしてそのような失態を演じたかというに、その時舞台には、当時主食代替として配給された、バナナの皮が一枚おちていた。ユーコク先生それをふんづけたものだから、見事に脚をあげる羽目に立ちいたったのだが、さるにてもである。

いかにちかごろの風儀紊乱しているとはいえ、舞台で代用食を食うほど、ハレンチな人物はいないし、よし、あったとしたところでその皮がお誂いむきに、自分の靴のコースに落ちていたというのは不思議であると、くやしまぎれに先生が、犯人厳探に及んだところが、なんとそれが紅花子嬢の仕業であることが判明したのみならず、その時、舞台にいた花子嬢が、ねらい定めて、ユーコク先生の足下に投げつけたことまで、モロモロの証拠証言によって露見したから、さしも温厚なるユーコク先生も怒り心頭に発し、かの夏なお寒きスリラー的形相をもって、ハッタとばかりに花子嬢をにらみすえ、

「おお、汝、ゲメンニョボサツ、ナイシンニョヤシャ。このカリガリ博士をコケにして無事にすむと思うとは女人と小人養いがたしじゃ。われ、今日より復讐の悪鬼と化し、眼には眼を、歯には歯を、必ず思い知らせるであろうぞよ」

と、さすがは博識をもって鳴る先生だけあって、いともむつかしい言葉をもって、天に祈り地に誓い、さしも海に五百年、山に五百年の紅花子嬢を恐怖、戦慄のどんぞこに叩きこんだというのだから大変であった。

警部はさきほど、トンチンカン小僧の六助をしめあげて、古川万十の話をきくと、ただちに紅花子嬢を招き、はじめて右のいきさつを聞知ったところへ、電気が消えて、キ

ャッ、アレエッということになり、さて、電気がついてみると、いままさに幽谷先生が、花子嬢の首をねじ切らんずの刹那であったから、もはや疑いの余地なし。幽谷先生こそは、紅花子嬢を殺さんとして、あやまって石丸啓助を殺害したるのみならず、秘密を知った万十まで、刺殺したる殺人鬼、復讐の悪鬼であるということになったのである。

「御冗談でしょ、警部さん。それはまあ、そういうこともありました。しかしですな舞台で芸人がほかの芸人に、悪戯をするのはありがちのことですよ。そんな場合、仲の悪い芸人同士はかえってやらない。冗談が冗談にならないで、あとに遺恨がのこるからですな。だから紅花子嬢があああしてわたしに悪戯をしたのは、つまりわたしに親愛を感じてくれた証拠ですって。わたしはそれを感謝こそすれ悪意を抱く筈がないじゃありませんか」

「しかし、あなたはそのとき、物凄い形相をして、何やら恐ろしいことをいったそうじゃありませんか」

「いや、これは恐れ入りました。物凄い形相は地顔だからやむを得んが、あのときいったわたしの言葉が、そんなふうにとられるとは情ない。あれは、やさしくホンヤクすると、こういう意味になるんです。やりおったな、花子嬢、この返報はいつかきっとしてあげるよ。……と、それくらいの軽い意味ですよ」

「それがいけない、その返報に……」

「ご、ご、御冗談でしょ。舞台で罪のない悪戯をされたからって、その返報にいちいち相手を殺してちゃ、それこそとんだ殺人鬼でさあ。ユーモアのない人間はこれだから困る。いえ、なに、こっちのことで……」

「いや、口は重宝なもんですな。そりゃアあなたのようにホンヤクすれば、どんな恐ろしい言葉もおだやかになる。しかし、それは誤訳、あるいは故意の曲解というものだ。そのようなことで、この等々力警部はゴマ化されませんぞ。それにあなたにはいろいろ怪しい節がある。いつも、開幕ギリギリにしか楽屋入りをしないあなたが、今日いつになく早くやって来たそうじゃありませんか」

「だ、誰です。そんなことをいったのは」

「そこにいる細木原竜三君じゃ。それのみならず、そのときあなたは、何やら小脇にかかえており、ひどくソワソワしていたそうじゃありませんか」

「そ、そ、そんな殺生な……細木原君、君はいったい、何の遺恨があって……」

幽谷先生はうらめしそうに、細木原竜三をふりかえったが、両頰ブチの細木原竜三は、無言のまま尻ごみしたばかりだった。

等々力警部はふたりの間に割って入ると、

「いや、ユーコクさん、あんたが細木原君を怨むのはよいが、三本目の短刀で細木原をグサリ……なんてわけにはいきませんぞ。おい、君たち、この人の手に……」

言下に刑事が二人バラバラと、幽谷先生の左右から走りよると、あわや、手錠を……というところへ、

「あ、ちょっと待って！　ちょっと待って下さい」

幽谷先生のそばへ走りよったのは恭子さんである。

「パパ、あなた、バカねえ。何をそんなにドギマギしていらっしゃるの。あなたにはれっきとしたアリバイがある筈じゃありませんか。なぜそれを警部さんに申上げないの」

「アリバイ？　なんのアリバイじゃね」

「パパ、今日はよっぽどどうかしてるわ。さっきのシバラクさんの話では、シバラクさんがあの短刀を持って楽屋入りしたのは、カッキリ四時であった。したがって、犯人がああいう仕掛けをしたのは、四時から四時半までの間である。……と、これは警部さん自身のお言葉だそうじゃありませんか。パパ、あなた今日の四時から四時半までのあいだ、どこにいらっしゃったの」

「あっ、そうだ」

幽谷先生、よっぽど嬉しかったにちがいない。アッパレ、娘よと恭子さんの手をとって押しいただいたが、やがて、エヘンとばかりおもむろに警部のほうへ向きなおると、

「警部さん、娘のいうとおりです。わたしにレッキとしたアリバイがあります。なるほど、わたしは今日、いつもより早く楽屋入りをしました。しかし、それからすぐにまたとび出して、四時から四時半までのあいだ、あるところにいたんですよ」

「あるところ？　あるところとはどこですか」

「放送局」

「さよう、毎週今日の四時から四時半までは趣味の時間ですが、わたしは今日その時間に、『戦後のスリラー流行について』と申す一場のお話をいたしましたので。録音ではありませんよ。警部さん、世にこれほどたしかなアリバイがありましょうか」

幽谷先生、得意になって大見得きったが、その時、舞台裏から血相かえてとび出して来たのは顎十郎、

「わ、わ、わ、わ、わ！」

顎さん、長い顎をいよいよ長くして、何かいおうとするらしいが、言葉は甚だチンプンカンである。

「わ、わ、わ、わ、わ！」

顎さん、眼を白黒させて、しきりにおのが顎を指さしている。顎はだらりと三寸ばかり下って、まことにもってだらしがない。

「わ、わ、わ、わ、わ！」

顎さん、眼に涙をうかべて、切なそうに両手で顎をおさえた。一同しばらく呆気にとられてこの様子をながめていたが、そのとき、幽谷先生、ハタと手をうって、

「あっはっは、諸君、驚くことはありませんぞ、顎さん、顎がはずれたんです。これがこの男の秘芸中の秘芸でしてね。ひどくびっくりしたりすると、顎がはずれるんですよ。どれ、ひとつわたしがはめてやりましょう」

「ほ、放送局……？」

幽谷先生が、長い顎を両手ではさんで、二、三度もんだ揚句、エイヤッと気合いをかけると、なるほど、カリガリ博士の霊験はイヤチコなもんだ。ガタンと音がして、どうやら顎十郎の顔が人間らしくなったから、一同ほっと胸を撫でおろした。

「あっはっは、顎さん、どうした、何にそのようにびっくりしたんだ」

幽谷先生がたずねると、顎さん、絶叫して曰く、

「ショーグン暁に死す！」

蘆原シャックリ小群は、シバラクさんの三本目の短刀に、見事に心臓をえぐられて、ユーコク先生の部屋で殺されていたのであった。

第十五章　ビックリシャックリ時代

世の中にはシャックリと心中する人があるそうである。横隔膜《おうかくまく》異変かなんかで、いかなる医薬のかいもなく、ヒックヒックを連発しながら、あわれはかなくなる病気があるそうだが、蘆原小群これをきき、

「わしもさしずめその口じゃろう。もっともわしのシャックリは酒を飲まぬと出んのじゃから、シャックリ心中大いに結構、諸君、わしがシャックリと心中したら、シャックリ塚を建ててくれたまえ」

なんてノンキなことをいっていたが、いまやまさにそのとおりになったのである。

もっとも法医学的にいえばショーグンは、シャックリと心中したわけではなく、胸につっ立ったシバラク君の三本目の短刀によって殺されたということになるのだろうが、おそらく最後の瞬間まで、ショーグンはヒックヒックとやっていたことだろうし、犯人がくらやみの中で、かくも見事にショーグンの心臓をねらうことが出来たというのも、これひとえにシャックリの導きにちがいあるまい。

してみると蘆原小群、かねて覚悟をしていたとおり、シャックリと心中したと申しても差支えないわけで、げんにもいたましきはショーグンのシャックリであった。

一同しばらく暗然として、蘆原シャックリ居士の死体をながめていたが、そのうちに等々力警部のかおいろが、またぞろしだいに凄んで来たからことである。

「すると、なんですな、この老人は犯人を知っていた。そして、いままさにその名をいわんとしていたというんですな」

言葉つきはいたっておだやかだが、そのおだやかさの底にはバクダンを秘めている。姑がこれからソロソロ、嫁いびりにとりかかろうというときの声に似ている。

「ええ、そう、ところがそこへおそって来たのがシャックリでして……そもそもこのシャックリたるや、むかしむかしその昔、ショーグンが水もシタタル若女形で、満天下の子女を悩殺していたころからの持病という、インネンつきの病気でしてね。実にショーグンにとってはいのちとりでしたね」

ユーコク先生、いままで一度だってショーグンが、水もシタタル若女形だったなんて信用したことはないが、そこは死者に対する礼儀であった。大いに花を持たせたのである。しかし等々力警部にとっては、水がシタタロウがシタタルまいが、そんなことは問題ではない。

「すると犯人はその名をいわれちゃたいへんというので、グサリとやったというわけですな」

「ま、そうでしょうな。それ以外にこんな罪のない人物を殺すわけがありませんからな」

「そして、そのとき……つまりこの老人がいままさに犯人の名をいわんとしたとき、その場にいあわせたのは、あなたがたの御一党だけであったというんですな」

「ええ、そう、ほかに誰もいませんでしたな」

ここにおいて等々力警部、ニタリとばかりほくそえんだ。

「はっはっは、ユーコク先生、問うに落ちず、語るに落ちるとはまさにこのことですな。この老人が殺されたのは、犯人を知っていたがためである。そして、この老人が犯人を知っているということを知っていたのは、あなたがた一党よりほかにない。と、いうことになるとヒッキョー、犯人はユーコク先生とその一党のなかにある。……と、これは小学生でもわかる道理ですな」

「ジョ、ジョ、冗談じゃない！」

「なに？　ああ、君は灰屋銅堂君じゃね。どうしてこれが冗談じゃないですか」

「だって、警部さん、かんがえてごらんなさい。さっき電気が消えたのは、犯人がメーンスイッチを切ったからであると、警部さん自身いったじゃありませんか。電気が消えた瞬間、われわれはみんなここにいましたよ」

「さよう、さよう」

と、銅堂君に相和したのは半紙晩鐘君である。

「犯人は電気を消しておいて、くらやみの中で紅花子嬢を待伏せしていたのであろうと、これが警部さんの御高見じゃありませんか。ところで花子嬢のあのすばらしき叫声がきこえた際われわれ一党全部ここにいましたぜ」

「これは銅堂君や、晩鐘君のいうとおりですな。一個の物体が同時に二個の空間をしめることは不可能であるというのは、物理学の第一歩ですからな」

幽谷先生にやりこめられて、警部はウームとうなったが、しかしテキもさるもの、これくらいのことでシャッポをぬぐような人物ならず、やがてまたニタリとわらった。虫の好かぬ笑いかたである。

「なるほど、御名説、あっぱれ真理ですね。すると電気を消して花子嬢をしめころそうとしたやつが、その後くらやみに乗じて、この部屋へしのびこみ、シャックリ居士を殺したということになりますかな」

「ま、そういうところでしょうな」

「しかし、ユーコクさん！」

ここにおいて等々力警部、ガゼン、声をあらげた。

「それではどうしてそいつは、シャックリ居士が犯人を知っていることを知っていたのですか。この老人が犯人を知っていることを発表したとき、犯人は舞台裏で電気を消したり、花子嬢をしめころそうとしたり、多忙をきわめていたのですぞ。一個の物体が同時に二個の空間をしめることは不可能である。これ即ち物理学の第一歩である。しからば犯人はいかにして、ショーグンが犯人を知っていることを知りえたか……」

等々力警部はハッタとばかりに一同を睨《ね》めまわすと、

「これによってこれを見るに、諸君のなかにこそ、犯人、もしくは共犯者があるんである」

「ちょ、ちょ、ちょっと待って下さい」

そのときはるか末席より、しばらくしばらくとばかり声をかけたものがある。誰かと見ればシバラク君であった。

「なるほど、警部さんのおっしゃるのも御尤も、また、幽谷先生のお説もあやまりならず、一個の物体が同時に二個の空間をしめるを得ず、これ、まったく真理ですからな。そこでつらつらわたしがおもい見まするに、犯人がいかにして、シャックリ居士が犯人を知っていることを知ったか、これ即ち、わたしがしゃべったのではないかと考えますんで」

シバラク君の言葉に、一同ガクゼンとして顔を見直した。

「シバラクさん、それじゃあんた、犯人を知ってるのかな」

幽谷先生が心配そうにたずねると、シバラク君しゃあしゃあとして、

「どういたしまして。犯人を知ってたら、わたし自身つかまえちまいまさあ。品もあろうにわたしの大事な商売道具を一度ならず二度三度、人殺し道具に使やアがったんですからな。遺恨コッズイ、深讐メンメンでさあ」

「しかし、それならば、テキに内通したというのはどういうわけじゃな」

「内通は情けない。わたしも相手を犯人と知ってしゃべったわけじゃない。先生、お聞きください、こういうわけで……」

と、そこでシバラク君の語ったところによるとこうである。

「さっき花子嬢の悲鳴をきいて、われわれ一同ここをとび出していったでしょう。しばらくわたしゃ諸君のあとについて走っていたが、そのうちに迷い子になって、くらやみのなかにとりのこされちまった。気がつくと、あたりはシーンとしずまりかえっている。咳払いひとつきこえません。わたしゃ急に心細くなったね。こう見えてもわたしゃいたって胆っ玉の大きくないほうでね。だってあなたあのくらがりでしょう。あやめもわかぬ真の闇たアあのことでさあ。しかも、さっきまであんなにお賑かに騒いでたやつが、急にシーンとしずかになったんだから、わたしゃてっきり梟座の座員一同、わたしをのこしてセンメッツの憂き目にあったんだと思いましたね。さあ、そうかんがえると怖くて怖くてたまらない。するとガゼン、膀胱《ぼうこう》の括約筋《かつやくきん》が弛緩《しかん》してまいりまして……つまり催

したんですな」

「やったかね、そこで、シャーシャーと？」

幽谷先生、わが身にひきくらべて同情した。実は先生も、さっき同じ経験をなめたのである。

「御冗談でしょう、そこは年のコウで括約筋をグッとひきしめ、からくももらすのはまぬがれましたが、何にしても用を足して来なきゃ話にならない。そこでくらやみのなかを手探りで、便所のほうへいくとちゅう、ガンと来ましたんで……」

「何がガンと来たんじゃね」

「いえね、むこうから来たやつと、いやというほど鉢合せしましたので、ごらん下さいこれがそのときの記念品なんで……」

見るとなるほどシバラク君のおデコには、見事な瘤が成長している。なにしろ六尺豊かな雄大華麗な肉体だから、コブも甚だ大陸的である。一同大いに同情を催してゲタゲタとわらったが、警部は苦虫をかみつぶしたような顔をした。

「これこれ、シバラク君、われわれがきいているのは括約筋や瘤の話ではありませんぞ。そもそも君が、いかにして犯人に内通したか……」

「だから、いまそれを話しているのじゃありませんか。早まっちゃいけません、シバラク、シバラク。……さて、そこでわたしはモロにひっくりかえったが、相手も同様、ドスン、バタバタ、ドタドタ、ヨタヨタ……」

「なんじゃね、それは……」

「いえ、相手のひっくりかえったときの物音なんで、まことに複雑なひっくりかえりかたをしたもんです。わたしゃ、なんしろ腹が立ちましたね。宵にゃボエンの夜中にゃコブこれじゃいのちがつづきません。そこで尻餅をついたまま誰じゃと声をかけたが返事がない。それでいて、モゾモゾ身動きをする気配がするんですから、あたしゃいよいよ腹が立ったね。そこで起きなおって、相手の体をさわってみたが、なアンだ、晩鐘君じゃありませんか」

「これは怪しからん」

その時横から抗議を申込んだのは半紙晩鐘。

「シバラクさん、気をつけてものをいってもらいましょう。あたしゃ誰ともおデコをぶっつけたおぼえはありませんがね」

「だからさ、これからが話なんで。シバラク、シバラク。ところでそのときわたしが、なぜ相手を晩鐘君と感ちがいしたかというと背中のコブに手がさわったからで、即ち相手はセムシだったんですね」

ここにいたって、一同は、ガゼン、シーンとしずまりかえった。あの無気味なオペラの怪人のすがたが、まざまざと眼前にうかびあがったからである。

「本人を眼のまえにおいてこんなことをいうのは何んだが、わたしゃアね、初日から晩鐘君の妙技妙演にホトホト感服していた。晩鐘君のセムシのカジモド、実にスリルの極《きょく》致《ち》ですからね。あたしが審査員なら本年度のアカデミー賞はさしずめ晩鐘君に授与するんですが……」

「よせやい」

晩鐘君、柄にもなくてれている。

「と、いうわけで、相手がセムシとわかると、ついわたしゃそれを晩鐘君と思いこんだ。そこで心易だてに、尻餅ついたまま、ペラペラとしゃべっちゃったので……」

「しゃべったとは、ショーグンのことをかい」

「ええ、そうなんで、ショーグンはああいうが、ほんとうに犯人を識ってるのであろうかとか、実にきわどいところでシャックリが出たもんじゃねえとか……」

「よりによってまた、よけいなことをいったもんじゃね。ところで相手はどうしたね」

「それがね、ウンともスンともいやアがらねえ。徹頭徹尾こちらにしゃべらせるばかりで、一切口をきかないから、わたしもだんだん変になって来た。と、そのうちにはっと思い出したのは、晩鐘君はすでに、セムシの扮装をおとして、いとも眉目秀麗な紳士に立ちかえっているということです」

「いや、有難う。かえりにカストリをおごろう」

「どうぞ、お願いします。そこでわたしゃカッとしたね。この野郎と叫んだのですが、そのとたん、またもやガーン」

「やられたのかね」

「はい、ごらんの通り。よくよくお眼をとめてごらん下さい。このコブは二段がえしになっている筈ですから」

なるほどシバラク君のコブは、二段がえしの、すこぶる複雑な様相を呈している。

「はてさて、気の毒な、君にとっては今晩はよっぽどアンケンサツと見える。で、相手はそれからどうしたね」

「さあ、……なにしろかさねがさねの災難で、わたしも心悸モーローとして、しばらくは前後不覚であったのですが、かすかにおぼえているのは、相手がヨタヨタ、ガタガタ、モガモガ、ドタバタ、すこぶる複雑怪奇な音をさせて起き直ると、なんでもね、二階へあがる階段、あれをエッチラオッチラとのぼっていったようでしたね」

一同そこでまたもや、ゾーッとばかりに顔を見合わせた。そういえばさっきから、オペラの怪人のすがたが見えない。

「チキショウ!」

突然、おどりあがったのは等々力警部である。

「あいつだ、あいつだ、あいつだ。あいつバカか気ちがいみたいに、何もわからぬかおをしているが、何もかもわかっているんだ。チキショウ! あいつだ、あいつだ。あいつだ!」

警部は部屋からとび出したが、そのときまたしても三階のほうから聞えて来たのは、

「ウワッ、タハハ! 誰か来てくれ!」

という叫び声。

何んしろよく悲鳴のきこえる晩だが、こんどのは踊子諸嬢や紅花子嬢の悲鳴とちがってはなはだお色気のない悲鳴である。

「やっ、あ、ありゃトンチンカン小僧の声じゃないか」

それっというので怪物団の一同は、警部につづいてとび出した。せまい階段をもみあうように、三階まで駆け着けると、大部屋のまえでトンチンカン小僧の野崎六助、長大な全身の筋肉をもって戦慄しているのである。

第十六章　吾輩はカモである

「野崎君、ど、どうした！」

幽谷先生が声をかけると、

「セ、先生、ケ、警部さん、あ、あ、あれを……」

六助の指さすかたを見て、一同ギョッとばかりに息をのんで立ちすくんだ。

大部屋の一隅、ちょうど柳ミドリの鏡台のまえに、誰やらブランとブラさがっている。

「誰か！」

と、叫んだ警部がスイッチをひねったが、そのとたん一同は、わっとばかりになだれを打ってかえしたのである。

天井からブラ下っているのはオペラの怪人セムシの剣突謙造であった。剣突謙造、あわれ首をくって死んでいるのであった。

一同は思わずガチガチ歯を鳴らしたが、そのとき、

「わ、わ、わ、わ、わ！」

妙な声が背後にあたってきこえるので、びっくりしてふりかえると、声のぬしは顎十郎。アゴさん、あんまりびっくりしたので、またもやアゴがはずれたらしい。

柳ミドリはいまや紅涙《こうるい》サンサンである。

「はい、こうなれば何もかも申し上げます。きょう楽屋入りをして間もなくのことでした。剣突のおじさんが部屋へ来いとおっしゃるのでいってみますと、おまえ、パンドーラの唄や踊りをおぼえているかとおっしゃるのです。おぼえているとあたしが申しますと、それじゃいつなんどき紅さんの代役がまわって来ても大丈夫だねと念をおします。あたしがふしぎに思って、なぜそんなことをきくのか訊ねると、人間は老少不定、いつなんどき紅さんに、どのような間違いがないとも限らない。そのときには、立派にパンドーラの役をやりおおせて、一人前のスターにおなりとおっしゃるのでした。そのときにはあたし、別に気にもとめませんでしたが、それから間もなくああいう騒ぎがあって、警部さんのお調べをうけた際、あたしがパンドーラをやりたさにあんなことをしたのではないかといわれたとき、はっと思い出したのは、さっきのおじさんの言葉です。ひょっとするとおじさんが、あたしに代役をつとめさせるために、あんな恐ろしいことをし

たのではないかと、はじめて気がついたのでした」

「それで君は剣突に、そのことをきさただしてみなかったのかね」

「いいえ、きいてみようと思ったのですが、おじさんはあたしを避けているのか、どこを探しても見つかりません。たまたま、おじさんを見つけたときには、ほかにひとがいたりして、話をする機会がなかったのです」

「剣突謙造は君に惚れていたのかね」

このぶしつけな質問に、さすが歎きのフチに沈んでいた柳ミドリも、まあ、シツレイなとばかり、ガゼン柳眉をさかだてた。

「あたしたち、そんなンじゃありません。みなさんがおじさんの片輪をよいことにして変なアダ名なんかつけて馬鹿にするのがお気の毒で、なにかとあたし、慰めてあげるようにしていたんです。おじさんのほうでもそれを嬉しく思われたのか、何かとあたしに親切にしてくだすって……ただ、それだけのことなんです。惚れてたなんてシツレイな！」

「わかった、わかった、惚れちゃいないが君に好意をもっていたことはたしかだね」

「ええ、それは……みなさん、あのかたをバカか気ちがいみたいにおっしゃいますが、決してあのかた、そんなんじゃありません。ああいうからだになってから、ひどく無口になりましたが、あたまは決して狂ってはいませんでした。難かしい役がついたときなど、あたしはよくおじさんに教えてもらったのです。声楽のレッスンなどもしていただいておりました。おじさんは立派な芸術家だったんです」

なるほど、これではいよいよオペラの怪人である。

「いや、有難う、これでなにもかもわかりましたよ。つまりオペラの怪人、剣突謙造は君にパンドーラをやらせて、一躍人気女優に仕立てるために、ああいう仕かけをしておいた。ところがあやまって石丸啓助を殺したがために、わが罪の恐ろしく、とうとう首をくって死んだのですな。いや、これで万事辻褄があう。犯人が自殺したのは残念だが、これでまあ、事件は解決というわけじゃな」

等々力警部は喜色満面上機嫌でこう宣言したから、さあ、よろこんだのは一同だ。灰屋銅堂の如きは、さっそく昔とったキネヅカの活ベン口調で、

「ああ、さしも複雑怪奇を極めし梟座の怪事件も、犯人オペラの怪人の最後によって、目出度く解決したのであります。これをもって全巻の終りといたします。チータッタ、チータッタ」

大浮かれであったが、そのときやおら口をはさんだのは幽谷先生。

「ちょ、ちょ、ちょっと警部さんにおたずねしますがねえ。そうするとなんですか、さきほどくらやみのなかでシバラク君とおデコをぶっつけたのは、オペラの怪人だったとおっしゃるのですか」

「もちろん。幽谷さん、あんたも見たはずじゃありませんか。オペラの怪人のおデコにも傷がのこっていましたからね」

「しかしですな。警部さん、ごらんのとおりシバラク君のおデコのコブは、かくの如きハナバナしさを呈している。しかるにです。オペラの怪人のおデコは、ただ単に傷になっているだけであって、コブになっておらんというのはどういうわけでしょう。そりゃア、シバラク君は二度目のガチンで、コブも二段返しとあいなり、いよいよハナバナしくなったのだから、それとはくらべものにならんとしても、いま少し隆起していてもよかりそうなもの。なんしろシバラク君と来ては、有名なイシ頭ですからね」

「そりゃ……それは、ま、皮膚組織、あるいは筋肉組織の相違でしょうな」

「さよう、皮膚組織、あるいは筋肉組織の相違というのはわたしも賛成ですな。しからば、なにゆえ、オペラの怪人の組織に、そういう相違が出来たか。ああいや、そのまえにもうひとつ疑問があります。シバラク君、君の身長はどのくらいあるね」

「先生、どうしたんです。警部さんがわれわれをかえしてやろうとおっしゃるのだから、いいじゃありませんか。わたしの身長など……」

「まあさ、いいから白状したまえ。六尺一寸だったかね。二寸だったかね」

「御冗談でしょう。そんなにあってたまるもんですか。六尺一寸九分なんで……」

「はっはっは、シバラク君、はにかんだね」

「警部さん、お聞きのとおりシバラク君は六尺一寸九分あるそうです」

「それがどうかしましたか」

「ははあ、まだおわかりになりませんか。シバラク君は六尺一寸九分、しかるにオペラの怪人はどのくらいありましょう。もとは五尺六、七寸はあったが、セムシになってビッコになって、ちかごろじゃとんと背がひくくなった。多分、五尺三寸あるなしでしょう。片や六尺一寸九分、片や五尺三寸、それがどうして、おデコとおデコをぶっつけたのでしょう」

警部はふいに大きく眼を見張った。それから混乱したようにおデコの汗をふきながら、

「しかし……げんにオペラの怪人のおデコには……何かとぶつかった跡がある。……すると、あれはシバラク君のおデコで出来た傷ではないですな……」

「いやいや、そうじゃありません。あれはやっぱりシバラク君のおデコにぶっつけて出来た傷でしょう」

「それじゃ、何も、いうことはないじゃありませんか」

「いや、そんなことはありません。六尺一寸九分と五尺三寸がおデコをぶっつけるというのは、そこにそれだけの条件がなければならない。まさかオペラの怪人、エイヤッとばかりシバラク君のおデコを目がけて、跳躍したわけじゃありますまいからね」

「それじゃ、どうして……その条件というのはどういうことです」

「さあ、それですよ。ここにいたって思い出すのは、さっきのシバラク君の言葉です。おデコとおデコをぶっつけて、相手がひっくりかえったときのことを、シバラク君はいかに表現しましたかな。ドスン、バタバタ、ドタドタ、ヨタヨタと、まことに複雑怪奇な音を立てたというじゃありませんか。シバラク君、そうでしたね」

「え、そう、しかし、それが……」

「それからまた、相手が起き直るときの物音についてもシバラク君は、ヨタヨタ、ガタガタ、モガモガ、ドタバタと、これまたすこぶる複雑怪奇な表現法を用いている。これをもってこれを見るに……」

「これをもってこれを見るに……？」

「即ちそのときオペラの怪人は一人ではなかった。何人かの背中におんぶされていたのであります」

「おんぶ……？」

「さよう、何人かの背中におぶさっていた。それがために五尺三寸のオペラの怪人が六尺一寸九分のシバラク君と、おデコの正面衝突をなしうる条件を具備したのであります。しかしオペラの怪人のごとき人物を、おんぶするほど親切、あるいは酔狂な人間は、少くともこの一座には見当らんし、また、オペラの怪人にしても、他人におんぶされて、黙っているがごとき人物とは思えない。されば、これをもってこれを見るに、そのときすでにオペラの怪人は死んでいたンである。即ち殺されていたンである。そして、それをおんぶしていた人物こそ、オペラの怪人のみならず、石丸啓助と古川万十、蘆原小群を殺害した、世にも憎むべき殺人鬼なンであります。おわり」

　深山幽谷先生の大演説がおわったとたん、満場は水をうったごとき静けさとあいなった。それこそまことに深山幽谷のごとき静けさであった。そのときのことについて、後

に関係者のひとりが述懐したのに、

「いや、あのときくらい幽谷先生が憎らしかったことはありませんね。だってね、警部がせっかく事件解決を宣言し、われわれは嬉々として、家路につこうという折柄でしょう、これでまた、事件がこんがらがりそうになって来たのだから、いや、憎らしいの、憎らしくないのってね、わたしゃアそのとき、幽谷先生の首をねじってしまいたいという、悪魔的誘惑を制御するのに、どのくらい骨を折ったかわからんくらいですぜ」

こういう感じはその人のみならず、おそらくその時にいあわせた、ほとんどすべてが抱いた感情であったろう。幽谷先生、期せずして、満場の紳士淑女の怨嗟《えんさ》の的とあいなった。人々はすべて、この一瞥をもって、幽谷よ、消えてなくなれとばかり、怨みの形相ものすごく、ハッタとばかりに幽谷先生をにらんだのだが、幽谷先生、消えてなくなるどころか得意になって、いよいよますます、ふンぞりかえったのだからしまつが悪い。

それというのが幽谷先生、一同のそういう眼付きをもって、自分に対する、讃美、渇仰、憧憬、嘆美、あらゆる邪念のない感情の流露であろうと感ちがいしたのだから世話はない。やぶにらみを秋波と察するのたぐいで、これは幽谷先生のごとき、ウヌボレの強い人物においては、しばしば見らるるところの滑稽な間違いであった。

しかし、なかにまことの讃美、渇仰、憧憬、嘆美の情をもって、幽谷先生を仰ぎみたものも、全然なくもなかったのである。これ即ち柳ミドリ嬢であった。

「まあ、せ、先生、そ、それじゃ、おじさんは自殺したのじゃなかったんですの。ひとに殺されたんですの」

「もちろん」

「すると、おじさんは石丸さんや古川さんを殺した犯人じゃなかったんですね」

「もちろんですよ、ミドリちゃん。犯人はなんだって古川万十や蘆原小群を殺したか。これ即ち、石丸啓助殺しの秘密を知られているからである。かれはそれほど自分の身が可愛いンである。自分を守るためには、平然として何人でも人を殺す人物である。それがどうして自殺などやらかしましょうや。これくらいのこと、常識をもって考えてもわかるではありませんか」

「しかし、……それではなぜおじさんは殺されたの」

「それはね、やっぱりかれを生かしておいては、犯人にとって都合の悪いことがあったにちがいない。そこでくらやみに乗じてしめころした。そしてそれを縊死せるごとく見せかけて、警部さんをあざむき、まんまと事件解決ということにしようとはかったのですよ。つまり、警部さんはまんまとその手に乗られたわけじゃ、もし、この幽谷なかりせばじゃな」

　幽谷先生、つい、図にのって、いわでものことを口走ったから、ガゼン、等々力警部の顔は紫色とあいなった。

「幽谷さん、しかし、証拠は？　オペラの怪人が殺されたという証拠は？」

「その証拠はおデコの傷ですよ。警部さんあなたはさっき、あの傷がコブにならずにすんだのは皮膚組織、あるいは筋肉組織の相違じゃといわれたが蓋し名言、そのときすでにオペラの怪人は死んでいたから、細胞にも変化が起っていた。だからこそ、シバラク君のごとき石頭とぶっつけてもコブにならずにすんだのじゃ。いや、コブとなってふくれあがる活力をすでにうしなっていたのですな。だからあの傷が生前に出来たものか、それとも死後に出来たものか調べてみれば、一目リョーゼン、すぐに疑いが晴れるはずじゃ！」

オドロクべく、幽谷先生の明察は、それから間もなくお医者さんによって裏書きされたから、等々力警部の面目は丸つぶれとなったが、しかし、警部もまたひとかどの人物であった。

「いや、幽谷さんのおかげで助かりました。すんでのことに、犯人を逸するところでしたからな」

と、アッサリ兜をぬいだのはアッパレであった。

「すると、先生、なんですか、わたしがくらやみのなかでぶつかったのは、犯人そのものだったんですか」

「さよう、おデコをぶっつけたのはオペラの怪人だが、体がぶつかったのは犯人だったにちがいない」

「すると、その犯人は相当背の高い人物ということになりますな。そいつの背中におんぶされていたオペラの怪人のおデコが、シバラク君のおデコにとどいたくらいだから。

こうっと、この事件の関係者の中だ、シバラク君に匹敵するくらいのノッポといえば……あっ」

突如、警部の瞳がランランとかがやいた。

「おい、新聞記者、そこにいる新聞記者、ちょっとこっちへ来給え」

「はあ、ぼ、ぼくですか」

ランラン、ケイケイたる警部の視線に、おっかなびっくり、おずおずとまえに出たのはトンチンカン小僧の野崎六助。

「そう、君じゃ、君はさっきなんの用事があって三階にいたのじゃ」

「いえ、べ、べつに用事があったわけじゃありませんが、ちょ、ちょっと散歩に……」

「散歩……?」

警部の声がガゼン気味悪く凄んで来た。

「君はちょくちょく、死骸のあるところへ散歩にいく習慣があるのかい。あっ、何んだポケットをおさえたな。出したまえ、それを。ポケットになにをかくしているんだ」

「いえ、べつに、これはあなたなんかに関係のあるものじゃ……」

「出せといったら出さんか」

大喝一声、警部はいかれる猛虎のごとく、野崎六助におどりかかったが、たちまちにしてポケットの中から取上げたのは数葉の紙片。

「どうも怪しい奴じゃ。ははあ、これは秘密の文書じゃな。なになに、又々々梟座の怪事件——等々力警部いまや茫然自失狂乱の態——何んじゃッ、これはッ！」

等々力警部と野崎六助、前世は敵同士だったにちがいない。またもやここにひと悶着おこったが、その間にゾロゾロ、二階の幽谷先生のもとにひきあげて来たのは、先生とその一党である。

「ヤレヤレ、先生、あなたはなんの怨みがあって、いらんことをいい出したんです」

「さよう、さよう、先生がよけいな差し出口さえしなけりゃ、いまごろはヌクヌクとわが家の寝床におさまっていられたんですぜ」

「はっはっは、まあ、そういいたもうな。真実こそはわれわれの味方である。ときに諸君、わたしゃアここでしばらく考えたいことがあるんだが、諸君はちょっと階下へいってていて下さらんか」

「へえ、それはようがすが、先生ひとり二階にのこって、いったい、何をやらかそうというんです」

「なにね。吾輩はカモである」

「え、な、なんですって」

「吾輩はカモである。ま、いいから諸君、階下へいっていてくれたまえ。しばらく、誰も来んようにな。それからひとが聞いたら、幽谷は二階の夢殿で、一心不乱にキネンをこらしている、いまにカリガリ博士の神通力をもって、きっと犯人を見あらわしてごらんに入れると意気ごんでいると、そうセンデンしてくれたまえ。誰も邪魔をしちゃいかんよ」

怪物団諸公が変なかおをして出ていくと、あとにのこったのは幽谷先生唯ひとり。先生しばらく落着きのない足どりで、動物園の熊みたいに、部屋のなかをいきつもどりつしていたが、そのうちにふと気がつくと、劇場のなかはシーンとしずまりかえっている。さっきまで、ガヤガヤベチャベチャきこえていた階下の騒音も、ピタリと鳴りをしずめて、あたりはさながら、夜の墓場のようである。

幽谷先生、にわかにソワソワあたりを見廻わした。ああ、どうも電気がくらいな。それにこの蒸し暑いこと。……幽谷先生、ネクタイをはずして窓をひらくと、ちょっと外をのぞいてみたが、突然ギクッと、バネ仕掛けの人形みたいに跳びあがった。

誰やら、階段をあがって来る。それも、忍び足でミシリミシリと。……幽谷先生は急に体中の水分という水分が蒸発してしまったかの如く、口の中がカラカラになった。

足音は階段をのぼりきると、廊下をしだいにちかづいて来る。ああ、電気が暗い、蒸し暑い。……それに階下のあの静けさ。……

足音は幽谷先生の部屋のまえでピタリととまった。一瞬、二瞬……ドアの外の人物と、幽谷先生の心臓が、ズキンズキン、ゴトゴトと、乱拍子に鼓動するのが劇場内にとどろきわたるようである。

幽谷先生は、カラカラに乾いた唇をなめた。

それから、眼をつぶって、

って、

「吾輩はカモである」

口のうちで呟くと、やがて、かっと眼を見開き、咽喉にからまる痰を切って、

「お入り。お待ちしてましたよ」

と、いった。それから、ドアをひらいてヌーッと入って来た人物を見ると、

「ああ、やっぱり君でしたね」

と、ともすればストライキを起しそうな顔面筋肉を、なだめつ、すかしつ、やっと笑ってみせたのである。

第十七章　喰うか喰われるか

入って来たのは両頬ブチの細木原竜三。

細木原竜三はくらい眼をして、ギロリと幽谷先生をにらむと、これまた顔面筋肉が、ストライキを起してるみたいな笑いをうかべたが、その笑いかたは甚だ不自然で、幽谷先生はそのとたん、新円をゴマンとだいて暗い夜路をいくところを、おい、と、だしぬけにうしろから、呼びとめられたような恐怖にうたれたことである。

しばらく二人は、こわばったままの表情で、さぐるようなお互のかおを見つめていたが、やがて幽谷先生が、エヘンとばかりに咽喉にからまる痰を切った。

「ああ……いや。……もっとこっちへ入ってきたら。立ったままじゃなんだから、ど、

どうです、ひとつ腰をおろしちゃ……」

糠に釘である。細木原竜三は相変らず立ったまま、喰いいるように幽谷先生の顔を見つめている。いやな眼つきだ。冗談じゃない。人間を廃業して、本日より食人鬼組合に入りましたと、いわんばかりの眼つきじゃないか。

幽谷先生は鉄唖鈴をのみくだしたように、ズシーンと下腹が重くなる。

細木原竜三は唇をねじまげて、ふいにニタリと気味悪い笑いをうかべた。人間の笑いではない。食人鬼族の笑いである。その証拠には、顔は笑っていても眼は笑っていない。おまけに両手をひらいたり握ったりしている。……

「先生……」

食人鬼氏は、食人鬼族にふさわしい声でそう呼びかけると、両の拳をひらいたり、握ったりしながら、一歩前進した。幽谷先生、相手に敬意をはらって一歩後退する。

「ナ、ナ、なんですか」

「先生は今度の事件の犯人を知っているというがほんとうですか」

幽谷先生なんとこたえたものだろうかと、咄嗟《とっさ》に思案をめぐらせたが、ここでシラを切ったところで手遅れである。相手は先生の返事いかんに拘らず、あの、ひらいたり、握ったりしている両手の指にものをいわせるつもりなのだ。ああ、なんという長い指だ、それにあの爪……

「ああ、ふむ、誰がそんなことをいったのか知らないが、ま、当らずといえども遠からずじゃね」

幽谷先生、それでもいくらかの含みをのこしたつもりである。

「先生はそれじゃ、犯人を知ってるんですね。誰です。それは……誰です」

食人鬼はまた一歩前進した。幽谷先生がまたこのたびも、相手に敬意を表して、一歩後退したことはいうまでもない。

「ああ、いや、細木原君、そ、そりゃたっての御所望とあらば、ここで発表しても差支えないがね。しかし、そのまえにお訊ねしたい。階下の連中はどうしたんじゃね」

食人鬼の頰に、ドス黒い微笑がツツーと走った。いやな微笑だ。殺人的微笑である。

「階下の連中ですか。ああ、みんないい気持で寝てますよ。白河夜船というやつでさあ、グースラグースラ睡ってますよ」

「睡ってる?……君が睡らせたのかい」

「さよう、古川万十の持ちこんだウィスキーね。あれがまだのこっていたから、お疲れなおしにひとついかがですか、テナことをいってね。言葉たくみにみんなにすすめたんでさあ。で、その結果がグースラ、グースラの白河夜船というわけでさ。あッはッは」

「ちょ、ちょっと待って下さい。怪物団諸公も……?」

「モチロン」

「警部も?」

「モチ」

「刑事諸君も？」

「オブコース」

「しかし、それ、ちと変ですなあ。信じられないなア。いや、まったく、信じられませんよ、そんなこと。だって、わが党の士と来たら、誰もかれも酒にかけては一騎当千、ウィスキーの一杯や二杯や三杯や四杯や五杯や……」

幽谷先生出来るだけ時をかせぐつもりである。

「そんなことで、グースラ、グースラの白河夜船……ゴ、御冗談でしょ、ねえ、細木原君、かれらはいったいどうしているんです」

「だからさ、白河夜船のグースラグー……に、酒だけならば、もちろん、そんなにうまくいきませんや。だから、酒……ウィスキーの中に、ちょっと細工をしておいたんです。つまり眠り薬を調合しといたというわけです」

「眠り薬……？　これは驚きました。いやまったく、驚きましたよ。だってね。わたしゃこの事件の真相を看破している。自慢じゃないが、掌をさすがごとく、犯人のやりくちを知っている。それによるとこの事件は、決して犯人が周到に計画したものではないということになっている。犯人はただ、はからずもつかんだ、偶然の機会を利用したにすぎんのです。かれは今日、この梟座へ足を踏み入れるまで、人殺しをしようなどという考えは毛頭持っていなかった。いや、いつかチャンスがあったら、紅花子嬢を殺してやりたいくらいには考えていたかもしれないが、今日、ああいう方法をもって、花子嬢殺しを計画しようなどとは、犯人自身夢にも考えていなかった。……と、これが吾輩の推理じゃがね」

「そ、それがどうしたんです。幽谷さん」

食人鬼がニヤリとわらった。

「いや、あんたがつまらんお喋舌をもって時をかせごうとしていることはチャンとわたしも知っている。しかし、まあいい。あの連中が睡りから覚めるのはまだまださきだ。だから多少の時はかせがせてあげる。あんたのその推理がどうしたというんだ」

幽谷先生もコワクなった。相手はなにもかも見通しである。

「いや、その、つまりですな。犯人は決して今日の殺人を、あらかじめ計画していたわけじゃなかった。彼氏が今日、この楽屋へ入って来たときは、天使の如く晴天白日であった。したがって、怪物団諸公をはじめとして、警部や刑事諸君を、マンマと睡らせるに足るほどの、ことほどかように多量の睡眠剤を、いかにしてととのえ得たか。……わたしゃそれを疑問に思っとるんですよ」

食人鬼はまたニヤリとわらった。

「なるほど、その疑問はごもっとも。なにね、あんたのいうとおり、こんなことになろうたア、犯人も夢にも考えていなかった。したがって、睡眠剤などもはじめから、用意していたわけじゃない。しかし、お誂えむきにちゃんと睡眠剤が手近なところにあったからちょっとそれを利用したんですよ」

「手近なところ……？　どこにあったんです」

「田代君が持っていたんですよ」

「田代君？」

「さよう。かれがああいう奇病の持主であることは、先生も御存じのとおりです。その薬として、かれはつねに睡眠剤を用意しとるんですよ。つまり一種の鎮静剤ですな。田代君にとっては鎮静剤だが、余人にとってはこれがまたベラボーによく利く睡眠剤でね。さてこそ、グースラグーのグースラグーというわけでさ。わかりましたか」

「わかりました。それを男性諸君全部に飲ませたんですね。ウィスキーにまぜて」

「さよう」

「熊谷久摩吉氏なども飲みましたか」

「モチロン。先生は酒ときくと眼のないほうですからね」

「それからトンチンカン小僧の野崎六助は……？」

幽谷先生、出来るだけさりげなく切出したつもりであるが、それでも、いささか声がうわずるのを、如何ともなしえなかった。トンチンカン小僧の野崎六助、一滴も飲めないのである！

「モチロン！　奴さんなかなか強い。三杯のんでもカクシャクとしてたから、最後にウンと薬をきかせてやりましたよ」

幽谷先生、しめたとばかり心中叫んだ。食人鬼氏がなんの疑いもさしはさんでいないところを見ると、野崎六助、たくみに酒を飲むまねをしてみせたにちがいない。と、いうことは、かしこくもかれは細木原竜三のもてなしを、怪しいとにらんだ証拠ではあるまいか。ああ、トンチンカン小僧とは誰が名づけた。……幽谷先生、いまや一縷の希望を見出した心地である。

「なるほど、それじゃ全滅ですな。ところで女性諸嬢は……」

「ああ、これはね、酒をすすめるわけにはいきません。花子なんざ飲みますが、ミドリの如きはゼンゼン下戸ですからな。そこで一計を案じ、言葉たくみにあざむいて、一同を地下へ案内すると、そこへ缶詰にしておいたというわけです」

「なあるほど。すると、いまこの梟座の楽屋に解放されているのは、君と吾輩、つまり二人きりというわけですか」

「そのとおり、一対一、喰うか喰われるかというわけですな。あっはっは！」

食人鬼は咽喉を鳴らして前進すると、

「さあ、それで先生の疑問は一切氷解した筈。今度はこっちの聞く番だ。先生は誰を犯人とにらんでいるんだ」

「細木原君、それをいわなければならんのかね。いままでの話で、たいていお察しの筈だと思うが……」

「いいや、ききたい。改めて聞こう。犯人は誰だ！」

「ヤレヤレ、君もよっぽど徹底派だね。それじゃいおう。……犯人は細木原竜三！」

食人鬼はしばらく無言のまま、ゼイゼイ肩で呼吸をしていたが、

「証拠は……？　おれが犯人だという証拠はどこにあるんだ」

絶叫した。

「細木原君、まあ、落着きたまえ。ここにお伽噺《とぎばなし》があるよ。いや、決して時をかせぐつもりでこんなお喋舌をするんじゃありません。君の誤謬を指摘してあげようと思ってね。グリムだかアンデルセンだか忘れたが、ここに一人のお姫様がある。このお姫様に眼をつけた魔法使かなんかが、お姫様のあとを尾行していって、彼女の入った家の表のドアに、白墨かなんかで目印をつけておく。後で誘拐に来ようというコンタンでさあね。ところがそれに気のついた、お姫様の利口な家来が、そこらじゅうのドアというドアに、同じ目印を書きつけておいた。つまり、ほんものの魔法使の目印を、これでもってカモフラージしちまったんだね。細木原君、君もこの話を知ってるんだろう。だって、君は今日、これと同じようなことをやろうとしたんだから」

食人鬼はちょっと眼をしばたたいた。幽谷先生の言葉の意味が、よくわからなかったらしい。

「わからないかね。ほら、あのボエンさ。君はあるはずみから半面ブチとあいなった。ところがこのブチになったということが、そもそも君に、あの殺人方法を思いつかせる重大な動機となったのだから、もし、あとでそのことがわかると、ブチになってる男、即ち犯人であるとすぐわかる。そこで君は、さっき話したお伽噺のかしこい家来みたい

に、出来るだけ沢山の人間を、ブチにしておこうとかんがえたのだ。もしあとで、あのことがわかっても、すぐ、こいつが犯人であると指摘されないようにね。そこまではよかった。ところが、そこで君は重大な錯誤をおかした。魔法使の目印をカモフラージするためには、他のドアにつける目印も、絶対に魔法使の目印と同じでなければならない。つまり、絶対に同じ条件にしておかねばならん。その点で君は間違いをおかしたのだ」

「間違い……？　どうして……？」

「わたしゃね、君のブチをひと眼みたときから、こりゃちと変だわいと気がついたんです。だって、ほかの連中は、全部左半面がブチになってるのに、君だけがブチになってるのは右の頬っぺただった。……」

あッ……と、いうような叫びをあげて、細木原竜三は右の頬っぺたをおさえ、改めて、ギリギリと奥歯をかんだ。

「そ、それに気がついていたのかい、あんたは……」

「そう、最初から気がついていた。だからあのとき田代君がよけいな嘘をつかなかったら、わたしゃ、それ以来、君から眼をはなすことじゃなかったのです。しかるに、天なる哉、命なる哉、田代君がそのときよけいなことをいった。細木原君が楽屋のすみに倒れていたので、それを助け起そうとしたところを何者かにボエンとやられたと。……わたしゃまさか、田代君が嘘をついてるとは知らなかったから、それでは細木原君は晴天白日であると思いこんだんです」

「そう、あのときわたしも驚いた。田代君はなんだってあんな嘘をついたんだろう」

「そりゃアね、君をかばうためじゃなかったんだ。むしろ、自分自身をかばうために、あんな嘘をついたんですよ。と、いうのは田代君、あの際、またしても発作を起して、前後不覚であったんですよ。田代君はそれを恥じた。アムネジヤを起して、意識不明瞭なところを、ボエンとやられましたテナことは、色男としてチト言いにくかったのも無理はない。そこで、ああいう、もっともらしいことを申立てたのだが、それが計らずも、犯人を救うことになろうなどとは、モチロン、田代君、夢にも御存じなかったんですな」

さっきくらやみの舞台の隅で、田代信吉と柳ミドリが、チョーチョーナンナンの際、はからずもらした田代の告白。今夜も二度発作を起したという事実から、では、最初の発作はいつ起ったのであろうかと、ツラツラおもン見てるあいだに、幽谷先生もこれだけの推理の糸を編みあげたのだから、げにもアッパレというべきであった。

食人鬼はギラギラするような眼で、幽谷先生を見すえていたが、やがてギリギリ歯ぎしりすると、

「そうだ。おれもそのあやまちに気がついていた。舞台裏で、ブチが勢揃いをしたとき、おれだけが右にブチがあることに気がついたのだ。だから……」

「だから、二度目に田代君が発作を起したのに乗じて、改めて左にブチをつくり、しかも、その罪を田代君になすりつけようとしたんだね。つまり両ブチになることによって、

右頬のブチをカモフラージしようということと。……つまり一石二鳥の狙いだったんだね」

掌をさすが如き先生のアッパレ明察に、さしもの食人鬼もいささかひるみの態だったが、やがてニタリとドス黒い微笑をもらすと、

「なるほど、おまえさんは物識りばかりじゃなかったな。推理力もまた、シャーロック・ホームズはだしである。……」

「いやなに、お褒めにあずかって恐縮」

「止せやい」

突然、食人鬼の声がガラリとかわった。舌が鞭のようにピシリと鳴った。

「粋が身を食う。聡明さが身をほろぼすんだ。雉も鳴かずばということを、おい、幽谷さん、知ってるか」

「あ、ちょ、ちょ、ちょっと待ってくれたまえ。いや、時をかせぐわけじゃない。動機だ。動機をききたい。君はなぜ紅花子嬢を殺そうとしたんだ」

ブチになった食人鬼の顔が、そのせつな、さっと紫色になった。

「おれは……おれは……花子に惚れてるんだ。花子はおれがつくりあげたんだ。土をこねて、美人の像をつくるように、ポッと出の山出しの田舎娘から、おれは紅花子という女をつくりあげたんだ。それだのに、花子はひとり歩きが出来るようになると……」

「君は花子嬢を口説いたのかね。口説いてはねつけられたのかね」

「口説く……？　おれが……？」

食人鬼は自ら憐れむように、咽喉のおくでひくくわらうと、

「おれに女が口説けたら……女を口説けるおれだったら、こんなことにはならなかったんだ。ガール・シャイなんだ、おれは。……惚れた女にゃいっそう口が利けないんだ。木仏金仏石仏……みんなでおれのことをそういやアがる。おれは好むと好まざるに拘らず、聖人になっていなければならなかったんだ。花子を誰にもやらないためにゃ、殺すよりほかにみちはなかったんだ」

哀れな食人鬼はちょっと嗚咽したが、すぐ人間ばなれのした眼をギラギラあげると、

「さあ、それだけ聞きゃ思いのこすことはあるめえ、幽谷！」

食人鬼は長い指をモガモガさせながら、背中を丸めて、アワヤ、躍りかからんず姿勢にうつったが、そのとき幽谷先生少しも騒がず、

「やれ待てしばし、細木原君、君は最後にまたしても、致命的なエラーを演じたぞ」

「な、なにを！　おどかすない。この期に及んで、卑怯だぞ」

「いや、おどかしに非ずさ。さっき君がウィスキーをすすめた紳士諸君のなかに、ただひとり、ゼッタイ下戸のいたことを知らなかったのは、細木原竜三、一期の不覚じゃ。見よ、君のうしろを……」

食人鬼はお尻に針を突っ立てられたようにピョコンとうしろを振り返ったが、そのとたんスーッと全身から血の気がひいた。

そこにはトンチンカン小僧に引率された娘子軍のメンメン、すなわち紅花子嬢を筆頭として、深山恭子嬢、柳ミドリ嬢、その他ワンサガール大勢が、ウンカの如くたなびいていた。……

第十八章　風と共に去りぬ

「さて、それからが大変でしたな」

幽谷先生が後日、そのときの情景を語って曰くに、

「ガール・シャイの細木原君、一番ひとにきかれたくないヒメゴトを、人もあろうに当の相手の紅花子嬢にきかれたのだから、青菜に塩とはあのことですな。空気の抜けた風船みたいに、いっぺんにシボんでしまいましたが、しかしテキもさるもの、ガゼン、勇気をふるい起すと、毒喰わば皿までもと、ここに大乱闘の大殺陣ということになったのだからイヤイヤ、奇絶怪絶、びっくり箱殺人事件の大詰めにゃ、まことにふさわしい場面でしたな」

聞くところによると、この大殺陣大捕物に捕手の役目をつとめたのは、主として娘子軍であったというから、そのハナバナしさ、察するにあまりがある。

細木原竜三、一方のかこみを破って出ると梟座の場内を、わがものがおにあばれまわったが、それにタックルして噛みついたり、ひっかいたりするのが娘子軍で、これには

ガール・シャイの食人鬼、だいぶ辟易《へきえき》したらしい。しかし、何しろこちらは女ばかりである。いや、トンチンカン小僧の野崎六助もいることはいるが、何しろ六尺ゆたかの長大なからだで、いたって運動神経のニブいほうだから、こんな際には一向役に立たぬ。まだしも恭子さんのほうが活潑なくらいのもんで、

「じれったいわね。いつまでたってもきりがありゃしない。ちょっと警部さん、刑事さんも起きて下さいよ、捕物よ、大捕物よ」

いちいち起しにかかったが、何しろ薬の利目である。白河夜船のグースラグー、はなはだもってだらしがない。

娘子軍も勇敢なことは勇敢なのだが、何しろ体力の相違である。場内を二、三度かけめぐると、はやグロッキーになっている。食人鬼の細木原君、しすましたりとばかり、舞台裏へかえって来ると、そこから楽屋口へとび出そうとしたが、そのとき、ものかげからふらふらと現われたのが田代信吉。天なる哉、命なる哉、田代信吉はあの薬の常用者だから、極量が他の連中とちがっていた。したがって薬をもられても眠らなかった代りに、それが刺激となって、またしても、アムネジヤを誘発したのであった。

食人鬼、細木原竜三の行手にフラフラと現われた田代信吉、無意識のうちに拳を固めてボエン！　この一撃にタハハとツンのめった細木原竜三、そのままダアと動かなくなったから勝負あった。見事なノック・アウトである。

かくて、夜明けとともに、警部や刑事や怪物団諸公が、ようやく白河夜船のグースラ

グーから覚醒したときには、細木原竜三、三十四か所の嚙み傷、掻き傷、みみず脹れで、娘子軍にとりかこまれ、愁然《しゅうぜん》としてうなだれていたということである。

「タハハ、するとこの男が犯人かい。いちばんさきにぶん殴られたと称する男が……」

等々力警部はようやくシャッキリしたらしい。今様切られ与三郎を見ると、眼をまるくして驚いた。

「さよう。その点についてはいまや疑いをさしはさむ余地はありませんな。自ら罪のあらましを告白したんですからな。その告白をきいたのはわたし一人じゃありません。トンチンカン……いや、野崎六助君をはじめとして、娘子軍諸嬢が残らずきいたところですからな」

「フウン、怪しからんやつじゃ、木仏金仏石仏、聖人だなどと称していながら、さても人は見かけによらぬもの。すると、何んですか、パンドーラの匣にああいう仕掛けをほどこしたのも、すなわちこいつということになりますか」

「いや、それはちがいます。ああいう仕掛けをほどこしたものはほかにあります。細木原君は単にその仕掛けを利用しただけなんですな。と、いうよりも、その仕掛けの巧妙さに、つい誘惑されたというほうが、当っているのかも知れません」

「と、いうのは……？　幽谷さん、そんな曖昧ないいかたは止して、ひとつハッキリいってくださらんか。わしにはどうものみこめんでな」

「いや、御尤も。これはすこぶる複雑怪奇をきわめた事件ですが、それじゃここにわたしの想像と申したところで、当らずといえども遠からず、おそらく真実にちかいと思うのでありますが、そもそも……」

と、そこで幽谷先生、エヘンと勿体ぶった咳ばらいをすると、

「そもそも、細木原君が、このような大それたことを思い立ったのは、かれ氏が舞台裏で、運命の箱をひらいたことにあるのであります。そのとき、細木原君が箱をひらいたのは、偶然であったか、それとも、その箱に怪しい匂いをかいでであったか、そこまでは吾輩も知るところではない。が、とにかくうすぐらい舞台裏で、箱をひらいたところがとたんになかから飛び出したのが、スプリングのさきに取りつけてあった拳闘用のグローヴで……しかもこのグローヴのなかにはメリケンがひそめてあったからたまらない。こいつにボエンと右頬をやられた細木原君、たちまち半面ブチとなるとともにグロッキーとあいなった。ところが、かくブチとなり、グロッキーとなりつつも、天来の妙音のごとくかれ氏の耳にささやいたのは、この仕掛けがかねて抱懐している、紅花子嬢殺しの計画に利用しうるということであります。すなわちメリケン入りのグローヴのかわりに、短刀のようなものをとりつけておいたら、どんな結果になるじゃろう。……そうかんがえた細木原君は、それを試みてみたいという誘惑にうちかつことが出来なかった。しかし、ここにひとつ、是非とも強調しておきたいところでありますが、かれ氏は今日、楽屋入りをするまでは、花子嬢をきょうここで殺害しようなどという、大それた野望は毛頭持っていなかった。したがって何んの凶器も用意がなかったから、さてこそ、シバ

ラク君の短刀を利用したのであります。これをもってこれを見るに、これは決して細木原君による計画的殺人に非ずして、実に通り魔のごとくかれ氏をおそった、殺人的誘惑にうちまかされたということになるのであります」

「いや、わかった。そこんところはわかったが、では、そのグローヴを仕掛けたのはいったい誰じゃね」

「さあ、それです。細木原君にもそれはわからなかった。しかし、もし、細木原君の計画がマンマと成功して、見事、花子嬢を串差しにしたのちに、その仕掛けの当人があらわれたとして御覧なさい。たちまち細木原君の悪事は露見する。何故ならば、その仕掛けの本人が、わたしの仕掛けておいたのは短刀に非ずして拳闘用のグローヴであると、いうことになれば、そのグローヴにやられた人物、すなわち箱をひらいた人物ということになりその人物こそ、グローヴと短刀とすりかえたのじゃろうということになる。そうなれば細木原君のブチが一目瞭然、かれ氏こそは、箱をひらいて、ボエンを食った人物である。したがってグローヴと短刀とすりかえた人物、したがって犯人であるということになる。ここにおいて細木原君の思いついたのが、出来るだけ多数にブチの人間を作っておこう。そうすることによって、おのれのブチをカモフラージしよう……と、いうのが、今宵、いやもう昨夜になりますかな、われわれを襲うたゲリラでありまして、すなわち、われわれは細木原君のブチをカモフラージするために、ボエンをくらい、御同様にブチとされたというわけであります」

「なあるほど」

と、明快なる幽谷先生の推理に、怪物団諸公をはじめとして、警部も刑事もことごとく感服した。

「さては、あのゲリラにはそういう遠謀深慮があったのですか。しかし、先生、それだけではまだグローヴを仕掛けたやつがわかりませんぜ。いったい、それは誰なんですか」

半紙晩鐘君が口をはさんだ。

「さよう、幽谷さん、わたしもそれをききたい。それはいったい何者じゃね」

「さあ、それですて。これはもう諸君もお察しのことと思うが、これぞすなわちオペラの怪人」

「オ、ペ、ラ、の、怪、人？」

一同異口同音に合唱した。幽谷先生、いよいよ得意になってフンぞりかえり、入歯を落した口をモガモガさせながら、

「さよう。オペラの怪人剣突謙造君が、なんらかの意味で、この事件に関係があったらしいことは、諸公もすでに気がついていられる筈。かれ氏こそは、メリケン入りのグローヴをもって、紅花子嬢にボエンをかませようとたくらんだ犯人であります。しからば、オペラの怪人のごとき善人が、なぜ、そのような残酷なことをたくらんだか、これすなわち柳ミドリ嬢を熱愛したからであります。オペラの怪人は、しかし、けっして紅花子

を、殺そうなどと思ったわけでありません。かれはただ単に、ボエンによって一時花子嬢を失神状態におとし入れ、その機会にミドリ嬢に代役を演じさせ、大いに彼女を売出そうとはかったのであります。ところがところざしとかわり、いつの間にやら、グローヴが短刀にあいなり、ここに奇々怪々な殺人事件が演ぜられたから、かれ氏も大いに驚き恐れ、ほんとうのことを打ちあけかねた。これすなわち、昨夜の彼氏の奇怪なる行動の原因であります」

　幽谷先生の論理の糸は、いよいよ出でてますます明快さをきわめたから、一同感にたえたようにききほれていたが、唯ひとり、これに対して疑問をさしはさんだものがある。ほかならぬ灰屋銅堂君である。

「いや、よくわかりました。先生こそはシャーロック・ホームズの申し子、フィロ・ヴァンス先生の弟分ですな。しかし、先生、わたしにはただひとつの疑問がある。と、いうのは、あのオペラの怪人ですがねえ。誰がなんたってありゃ半分バカみたいなもんでさ。あの男にあのようなスプリング仕掛けが考案出来たというのは、どう考えても、チト眉唾ものと思うんですがねえ」

　これをきくと幽谷先生、ムササビみたいな顔をギクリとしかめて、しばし憮然とひかえていたが、やがて重い口をひらいて、

「いや……なに……わたしの言葉を誤解しちゃいけない。わたしゃね、あのグローヴをとりつけたのはオペラの怪人であると申したが、あのスプリングをとりつけたのは、か

れ氏であるとはいわなかった……」

「げっ、ゆ、幽谷さん、そ、それはどういう意味ですかな」

　等々力警部が眼をひからせて詰めよった。幽谷先生、まぶしそうにその視線をさけながら、

「さればじゃな。細木原君が箱をひらいてボエンをかまされるまえに、もうひとりこの箱をひらいた人物がある。これすなわちオペラの怪人じゃが、すると、そのときなかからとび出したのは……」

「なかから、とび出したのは……？」

「すなわち、あのモギャーですな」

「けっ！」

　一同、思わず幽谷先生の顔を見直した。先生、なんだってそんなことを知ってるのだろう。一同の視線に射すくめられて、先生はつるりと顔を撫でまわすと、

「オペラの怪人もこれには驚いた。箱をひらくとモギャー、奇声を発して怪しげなものが鼻ッ柱へとびついて来たから、タハハとばかりに尻餅ついた。いや、これはわたしの想像だから、あるいは尻餅はつかなかったかも知れんが、いずれにしても驚いたにちがいない。そこでツラツラ、モギャーの面魂をみているうちに、これをメリケン入りのグローヴにかえておいたら……と、そう考えたのが、そもそも昨夜のボエン騒動のランショーとなったのであります」

「フウン」

警部の眼がにわかに凄味をおびて来る。ランランたる眼光をもって、ハッタとばかり幽谷先生をにらみすえると、

「幽谷さん、それではそのモギャーをとりつけたのはいったい誰じゃ」

「さあ、それは……?」

「さあ、それは……」

「さあ、それが……?」

「諸君、面目ないが、モギャーの犯人こそはかく申す、深山幽谷でござる」

幽谷先生、穴あらば入りたい風情であったが、それでもやっと勇をふるって、

「警部さん、わたしゃなにも、このようなことが起ろうと知って、ああいう罪のないいたずら、そうです、まったく罪のないいたずらのつもりでしたな。初日の舞台で、紅花子嬢に赤ッ恥をかかされたわたしゃ、それ以来深讐《しんしゅう》メンメン、遺恨コッズイ、虎視《こし》タンタン……いや、こんなことをいうと、また警部さんに誤解されるオソレがあるが、とにかく罪のないいたずらで、花子嬢に返報してやろうと、仕掛けておいたのがあのモギャー。つまり花子嬢が愛嬌タップリ、シナを作ってパンドーラの匣をひらいたとたん、モギャー、奇声を放ってあのお化けが、花子嬢の鼻ッ柱にとびついたら、どんなに愉快じゃろというわけで……ただ、それだけのことなんで……」

幽谷先生大汗だったが、それを聞いた一同は俄かにゲタゲタ笑い出した。狙われた当の本人花子嬢までが、ケラケラ笑ったのだから世話はない。幽谷先生もこれでいくらか安心したのか、顔の汗を拭いながら、

「いや、驚きましたな。わたしの罪のないいたずらが、あろうことかあるまいことか、人殺し道具に利用されたのだから、いや、慎しむべきは、人間、いたずらにありですな」

幽谷先生憮然として、ムササビみたいな頰をなでた。

こうわかれば警部も多くは責められない。

「いや、それで万事氷解しましたが、するとなんですな。あんたがモギャーを仕掛けたあとで、オペラの怪人が箱をひらいて、モギャーをグローヴとすりかえた。しかるに、そのあとで、また、細木原君が箱をひらいて、グローヴを短刀にすりかえたというわけですな。つまり、三段返しという寸法ですな」

「さよう、まことに複雑怪奇な事件でありますが、ここにもう一人、箱をひらいた人物があるんです」

「すなわち、あの古川万十。万十君が箱をひらいたのは、おそらくオペラの怪人のあと細木原君のまえであったのでしょう。かれ氏はそこでボエンとやられた。ところがかれはそれをわたしの陰謀であると誤解し、わたしをゆすったのですな。ところがそのとき、かれ氏はびっくり箱の仕掛けのことはいったがボエンのことはいわなかった。わたしゃ

てっきりモギャーの一件を看破されたものと思い口止め料を出したんです。つまり両方ともある点では一致していたが、ある点では誤解しあっていたんですな」

「なるほど、しかし、細木原君が古川万十を殺したのは？」

「それは、万十君の口から、ボエンの一件がバクロすることを恐れたんですな。ああして、ブチを沢山つくってあるのだから、グローヴの一件がバクロしても構わないようなものの、やっぱりバクロせんほうがよろしい。あの舞台裏のゲリラの意味がアイマイになっていればいるほど、事件に複雑怪奇性が強まりますからな」

「なるほど、オペラの怪人を殺したのも、やはり同じ意味からでしょうな。いろいろの事情から、細木原君はグローヴを仕掛けたのはオペラの怪人らしいと気がついたんですな」

「そう、それのみならず、グローヴのまえにはモギャーがあり、それを仕掛けたのはユーコクであると感づいた。そこでこのわたしを殺しに来たというわけです」

「なあるほど、しかし、先生、ショーグンを殺したのは……いや、ショーグンはほんとうに犯人を知っていたんでしょうかね」

シバラク君である。

「多分、そうだろうと思う。ショーグンは、おそらく、細木原君がパンドーラの匣を、舞台の台のうえにおくところを見たにちがいない。だからのちに、あの台のうえにパンドーラの匣をおいたものこそ、犯人であるということになったので、ショーグンはたと思いあたったのでしょう。いや、ショーグンも悪いところを見たもんです」

ここにおいて一同は、暗澹たる顔つきとなったが、しかし、これで一切の疑問はすべて氷解したということになり、これを灰屋銅堂君の口調を真似ていうと、

「ああ、かくてさしも複雑怪奇をきわめし梟座の連続殺人事件も幽谷先生の明察により見事解決、犯人細木原竜三は、警部や刑事にとりまかれ、梟座の楽屋から拘引されることになったのであります、チータッタ」

と、いうことになるのだが、折しも夜はホノボノと明けそめて、街には濃い朝霧がたてこめていた。左右から刑事に手をとられた細木原竜三は、ソーローたる足どりで楽屋口を出ると、迎えの自動車に乗ろうとしたが、そのとき、ダットの如くあとから走り出たのは紅花子嬢。

「あなた、ちょっと待って！」

裾をみだして細木原竜三のそばにかけよると、やにわに男の首に抱きついて、

「チュッ！」

これをふたたび、灰屋銅堂君の口調をまねるなら、

「……あわれ、紅花子嬢は千万無量。思えばわれを愛すればこそ、恐ろしき罪を犯したこの男、なんで憎かろう、怨めしかろう、花子嬢は犯人細木原竜三の胸に、ヨヨとばかりに泣きくずれたのであります。チーララのララアのララ、ラララア」

楽屋口まで送って出た幽谷先生に怪物団諸公、さすが毒舌家ぞろいのかれらも、この

ときばかりはシュク然として、眼をしばたたいたのであった。

いわんや、多情多感な娘子軍の如きはいっせいに鼻をすすりながら、ああこんなことなら、さっき噛みついたり、ひっ掻いたりするんじゃなかったわと、大いに後悔したことである。

やがて刑事が二人のあいだを引きはなすと細木原君はくるまのなかへ。そして自動車は朝霧をついて走り出したのである。嗚咽する花子嬢をあとに残して。……

「ああ、風と共に去りぬじゃな」

幽谷先生は暗然としてつぶやいたが、そのとき、ガゼン張切ったのが野崎六助で、

「恭子さん、お願い。記事、キジ、キジ……雉も鳴かずば射たれまい。意外又意外、三段返しびっくり箱の謎、奇々怪々の真犯人というやつを。お願い、お願い、記事、キジ、キジ……」

蜃気《しんき》楼《ろう》島の情熱

一

「いったい、アメリカみたいな国からかえってきて、都会に住むならともかく、こういう田舎へひっこんだ人間で、アメリカ在住当時の生活習慣をまもっていくやつはほとんどないな。みんな日本趣味、それも極端な日本趣味に還元してしまうようだな」

「ああ、そう、そういうことはいえますな。アメリカのああいう、劃一的な缶詰文化の国からかえってくると、この国の非能率的なところが、かえって大きな魅力になるんですね」

「つまり束縛から解放されたような気になるのかな。耕さんのその和服主義なども、その現われのひとつだろうが……」

「いやあ、ぼくの話はよしましょう」

金田一耕助は、雀の巣のようなもじゃもじゃ頭を、五本の指でゆるく掻きまわしながら、照れたようなうすら笑いをうかべた。

「あっはっは、しかし、あんたの和服主義も久しいもんだな。もう何十年来というところだが、何か主義とか主張とかいうようなものがあるのかな」

「何十年来はひどいですよ。おじさん、これでもまだぼくは若いんですからね。うっふっふ」

金田一耕助はふくみ笑いをして、

「べつに主義もへちまもありませんがね。このほうが便利ですからね。第一、洋服だとズボンをはいてバンドでとめる。ワイシャツを着てネクタイをしめる。靴下をはいてガーターでとめる。靴をはいて……それだって靴べらってものがいりますさあ。それから紐をむすぶ。考えただけだって、頭がいたくなりそうな手数をかけて支度をしながら、さて、ひとさまのうちを訪問して、そのままスーッとあがれるうちってめったにありませんからね。まず靴の紐をといて靴をぬぎ、それからやっと上へあがるということになる。かえるときにはどうかというと、靴べらはどこへやったと、あちこちポケットをさがしまわったあげく、結局、うちへ忘れてきたことに気がつき、やむなくそのうちの備えつけの、いやに長っ細いへなへなした靴べらを借用したとたん、ポキッと折っちまう。大いに面目玉を失墜したあげく、お尻をおったてて靴の紐をむすんでるうちにまえへつんのめる」

「あっはっは」

「ことにおじさんみたいに、腹のつん出たひとが、フーフーいいながら靴の紐を結んでるところを見ると気の毒になりますよ。今朝だって、式台に泥靴をかけておばさんに叱られたじゃありませんか」

「うっふっふ」

「あれだって、じぶんのうちだからこそ、亭主関白の位でああいうことが出来るんだが、ひとさまのおうちじゃ、いかにおじさんみたいなずうずうしいひとでもやれんでしょう。結局、まえへつんのめって脳溢血を起こすということになる。これをもってしても、日本における洋服生活というやつが、いかに非能率的であり、かつ非衛生的だということがわかるじゃありませんか。おじさんなんぞもいまのうちに考えなおしたほうがいいですよ」

金田一耕助がけろりとすましているのに反して、いや、耕助がすましているだけにかえっておかしく、相手は腹をかかえてげらげら笑っている。

「わかった、わかった。それじゃ、耕さんが和服で押し通しているのは、脳溢血がこわいからだね」

「そうですよ。この若さでよいよいになっちゃみじめですからね。おじさん、この蟹《かに》、うまいですよ。食べてごらんなさい」

金田一耕助の相手は眼に涙をためてまだ笑っている。それでいて耕助を見る眼つきにこのうえもない愛情がこもっている。

この男は久保銀造《くぼぎんぞう》といって、金田一耕助の一種のパトロンである。

金田一耕助が「本陣殺人事件」でデビューしたときの登場人物で、若いころアメリカへわたって、カリフォルニヤの農園で働いていたが、そこで習得した技術と稼ぎためた金を日本へ持ってかえって、郷里の岡山県の農村で果樹園をはじめた。この果樹園は成功して、いまではジュースなども製造して、かなり盛んにやっている。

金田一耕助も青年時代の数年を、アメリカの西部で放浪生活を送ったが、そのころ、ふとしたことから識《し》り合《あ》って以来、親子ほどある年齢のへだたりにもかかわらず、どういうものかうまがあって、耕助がげんざいやっている、風変わりな職業に入るときにも、この男の出資を仰いだ。

爾来、いっそう緊密な友情にむすばれて、耕助は年に一度はかならず銀造の果樹園へ、骨休めにやってくる。

金田一耕助のような職業にたずさわる人間には、ときどきの休養が必要だし、休養の場として、静かで、新鮮な果樹の熟《う》れる果樹園ほどかっこうの場所はなかった。久保銀造も金田一耕助の飄々たる人柄を愛して、年に一度、かれがやってくるのを何よりの楽しみとしている。

今年もかれがやってくるのを待って、二、三日のんきなむだ話に過したのち、俄かに思い出したように旅行にひっぱり出した。そしていま瀬戸内海に面した町の、宿の二階にくつろいでいるふたりである。

「ねえ、耕さん、いまのような話をね、志賀のやつにしておやり。よろこぶぜ、あの男……」

「承知しました。志賀さんの日本趣味に大いに共鳴して、ご機嫌をとりむすんで、ひとつパトロンになってもらいますかな」

「あっはっは、それがいいかもしれん。あいつはおれより、よっぽど金を持っとるからな。しかし、あいつのあれ、日本趣味というのかな。日本趣味だか支那趣味だか、なんだかえたいのしれん趣味だよ、あいつのは……何しろあのとおり、竜宮城みたいな家を建てるやつだからな」

久保銀造はふりかえって欄干の外を指さした。欄干の外はすぐ海で、海の向こう一里ばかりのところに、小さい島がうかんでいる。

夏はもう終わりにちかいころのこととて、海はとかく荒れぎみで、今日も雀色の黄昏の靄のなかに、幾筋かの白い波頭をならべて、不機嫌そうな鉛色をしている。その海の向こうに小ぢんまりと藍色にうかんでいるのは、周囲一里たらずの小島だが、この島は全然孤立しているのではなく狭い桟道のようなもので本土とつながっているらしい。

「しかし、志賀さんがああいう島を買って、竜宮城のような家を建てるというのも、長いアメリカ生活にたいするひとつの反動でしょうな。大袈裟にいうとレジスタンスというやつかな」

「そうそう、それは大いにあるんだ。アメリカでしこたま稼ぎためたにゃちがいないが、それと同時にひどい目にあってるからな」

「ひどい目って……？」

「いや、それはいつか話そう。耕さんの領分にぞくすることだがな」

「ぼくの領分に……？」

耕助がちょっとドキリとしたような眼で、銀造の顔を見直したとき、女中が階下からあがってきて、

「あの……沖の小島の旦那さまがいらっしゃいましたが……」

話題のぬしがやってきたのである。

二

久保銀造はそこへ入ってきた男の服装をみると、おやというふうに眼を見張って、

「どうしたのそれ、ちかごろ君はいつでもそんな服装をしてるの？」

「あっはっは、馬鹿なことを。……なんぼぼくがこちらかぶれになったからって、紋付きの羽織袴をふだん着にしちゃたいへんだ。いや、失礼しました」

「いや、どうも、はじめまして……」

金田一耕助もおどろいたのだが、その男、黒紋付きの羽織袴に白足袋をはいて、手に白扇を持っている。年齢は銀造とおっつかっつというところだろうが、色白の好男子なので五つ六つ若く見える。八字ひげをぴいんと生やして、七三にわけた髪もまだくろい。

これがいま話題になっている志賀泰三《しがたいぞう》という人物なのである。

「どうだい？　こうしてるとちょっとした男前だろう」

「まったくだ。静子《しずこ》さんの惚れるのも無理はないな」

「いや、ありがとう。そのとおり、そのとおりだ」

志賀は扇を使いながら、子供のようによろこんでいる。

「しかし、どうしたんだ。その服装は……?」

「いや、それについてちょっとお詫びにあがったんだが、親戚のうちに不幸があってね、今夜がそのお通夜《つや》なんだ。いま、そっちへ出向くとちゅうなんだが……」

「おや、それはそれは……親戚というとお医者さんをしている村松《むらまつ》さん?」

「ああ、そう、ぼくの親戚といえばあそこしかないからね。そこの次男の滋《しげる》というのが亡くなって、今夜がそのお通夜なんです」

「ああ、そう、それはいけなかったね」

「そういうわけで、これからすぐにあなたがたを御案内するというわけにはいかなくなったんだが、お通夜といったところで、どうせ半通夜で、十二時ごろにはお開きになるそうだから、その時分お迎えにあがります。それまで待ってください」

「いや、そんな無理はしなくても……そういうわけなら今度はご遠慮しようか」

「それはいけませんよ、久保さん、あなたはともかく金田一先生はわざわざ東京からいらっしたんだから、是非見ていってください。ねえ、金田一先生、よろしいでしょう」

八字ひげなんか生《は》やして鹿爪らしいが、ものねだりするようなそういう口のききかたには、子供のような無邪気さがある。

「はあ、ぼくはぜひ見せていただきたいと思ってるんですが……」

「そうれ、ごらん、久保君、このかたのほうがあんたなんかよりよっぽど同情があるぜ。あっはっは」

眼尻に皺をよせてうれしそうにわらっている。

「なにしろ御自慢のおうちだからね」

「そうですとも、それからもうひとつ御自慢のものをね、ぜひ見ていただかなくちゃ……」

「もうひとつ御自慢のもの……？　それ、なんだっけ？」

「あれ、いやだなあ、久保さんたら、それをわしの口からいわせるんですか。そりゃ、いえというならいくらでもいうが……あっはっは」

いくらか赧くなった顔を、白扇でばたばた煽いでいる。

「あっはっは、そうか、そうか、御自慢の奥さんを忘れてちゃ申し訳ない。ところで、今夜、奥さんも御一緒……？」

「ところがね、久保さん」

と、志賀は亀の子のように首をちぢめて、

「静子はちかごろ体のぐあいが悪いといって、寝たり起きたりしてるんだ。それで、今夜もおいてきたがね」

「ああ、そりゃ、心配だね」

「どうして？　何も心配なことないじゃないか。そりゃまあ、おれもはじめてだから、心配なことは心配だが、それよりうれしいほうがさきでね。あっはっは」

「ああ、そうか」

銀造はははじめて気がついたように、

「そうか、そうか、それはお目出度う。そうすると志賀泰三先生、いよいよ万々歳だね」

「あっはっは、ありがとう。おれ、それをはじめて聞いたとき、あんまりうれしいもんだから、静子のやつを抱きしめて、そこらじゅうキッスをしてやった。あっはっは」

あんまり露骨なよろこびの表現に、金田一耕助はクスクス笑う。

志賀もさすがに、照れたのか、血色のよい頬っぺたをつるりと撫であげると、

「いや、どうも御免なさい。なにしろアメリカ育ちのガサツもんですから、つい、お里が出ましたね。あっはっは」

「いや、わたしこそ。……そうすると、志賀さんはお子さん、はじめてですか」

「はあ。なにしろかかあもないのに、子供出来っこありませんや」

「すると、最近まで独身でいられたんですか」

「いや、若いころ一度結婚したことがあるんですが。……相手はアメリカ人でしたがね。それでひどい目にあって……そうそう、その話、久保君もよく知ってるんだが、お聞きじゃありませんか」

「いいえ、どういうお話しですか。……」

「あのとき、あなたみたいな名探偵がいてくれたら、わたしも助かったんですが。……それにこりたもんだから、生涯、結婚はすまいと思ったんですよ。それが、あの、静子みたいな天使が現われたもんだから……」

志賀はそこで、袴にはさんだ時計を出してみて、

「おや、もう出向かなきゃならないな。それじゃ、久保さん、金田一先生、わたし、ちょっとこれから出向いてきます。十二時前後にはきっとお迎えにあがります。それまでにさっきの話、久保さんから聞いてください。わたしもずいぶん可哀そうな男だったんです。じゃ、のちほど」

志賀泰三が出ていったあとで、金田一耕助と久保銀造は、顔見合わせて笑った。なんとなく心のあたたまる笑いであった。

「あっはっは、あいつも八字ひげなんか生やしているところは山師みたいだが、だいたいがああいう男なんだ。それにいま、幸福の絶頂にあるんだな」

「ねえ、おじさん、あのひとアメリカ主義に反抗して、日本趣味に転向したということですが、それにしてはただひとつ忘れてるところがありますね」

「忘れてるって、どういうとこ？」

「日本じゃ、あれくらいの年輩になると、もう少し気取るもんですがね。あれくらいの金持ちで、あれくらいのフランクによろこびを表現しない。もっとも、おじさんだからそうなのかもしれないけれど……」

「いや、誰にたいしてもああだよ。なにしろ変てこなうちを建てて、わかい細君をもって有頂天になってるんだからね」

「なかなか愛妻家のようですね」

「ああ、舐《な》めるように可愛がるってのはあのことだね。それで最初の結婚のときも間違いが起こったんだ」

久保銀造はちょっと厳粛な顔をした。

「そのことですか。さっきあなたに話してもらうようにといってらしたのは……？」

「ああ、そう」

銀造はちょっと暗い顔をして、

「あの男、かくすってことが出来ないらしいんだね。それで、こちらの連中もみんなしってるんだが、最初の結婚の相手、イヴォンヌってフランス系のアメリカ人だったが、あいつのことだから猛烈に惚れてね、イヴォンヌでなければ日も夜も明けないという状態だったんだ。ところがわれわれはみんな知ってたんだが、イヴォンヌには結婚以前から、アメリカ人の情夫があって、結婚後もつづいているんだね。だから、何か間違いがなければよいがと、みんな心配してたところが、果たしてそのイヴォンヌが殺されたんだね。ベッドのなかで」

金田一耕助はちょっと呼吸をのんで、銀造の顔を見直した。銀造は渋い顔をして、

「なんでも絞め殺されたって話だが、それを発見したのがあの男さ。ところが、あいつ

それをすぐに届けて出ればよかったのに。イヴォンヌ、なぜ死んだというわけなんだろうね。二、三日、死体といっしょに暮らしたんだ。ベッドをともにして。……つまり、死体といっしょに寝たんだね」

銀造は顔をしかめて、

「もっとも、悪戯はしなかったようだが。……イヴォンヌを手放すにしのびなかったんだね、ところがそこを発見されたもんだから、てっきり犯人ということになったんだね。無理もない、われわれでさえ、ひょっとすると……と、思ったくらいだから。妻の不貞をしって、かっとして……と、そんなふうに思ったくらいだからな。ところが、あの男じしんは頑強に否定したんだね。第一、妻が不貞を働いていたってことさえ知らなかったというんだ。ところがあいつが犯人でないとすると、睨まれるのは情夫だが、このほうは完全にアリバイがあったんだ。そのうちにあいつ当時まだあった検事のサード・ディグリーにひっかかって、身におぼえもないことを告白してしまったんだね。サード・ディグリーというのをおぼえてるだろう」

「一種の誘導訊問ですね」

「そうそう、あれは拷問にかわるもんだって、世論の反対にあってのちに禁止されたけど、それにひっかかったんだね。それで、あやうく刑の宣告をうけようというどたん場になって、真犯人が自首して出たんだ」

「真犯人というのは……？」

「それが悪いことにやはり日本人でね。樋上四郎《ひがみしろう》といってあいつの友人だったんだ。これがイヴォンヌをくどくかなんかして、跳ねつけられたもんだから、ついかっとして……と、いうわけだったらしい。志賀が潔白になったのはうれしかったが、真犯人がやはり日本人だというんで、当時、われわれ肩身のせまい思いをしたもんだ」

「それで真犯人の樋上というのはどうなりました。電気椅子でしたか」

「いいや、電気椅子にはならなかった。自首して出たのと、それにそいつ、そう悪い人間じゃなかったんだね。イヴォンヌに誘惑されて、それに乗って、いざという間際にはぐらかされるかなんかして、それでかっとなったんだが、性質としては実直というより、いくらかこう鈍なやつだったな。たしか二十年だったと思うが、その後、どうなったかしらない。わたしが内地へひきあげてきたときには、まだくらいこんでいたようだが……」

夏の終わりといえばそろそろ颱風の季節である。嵐でもくるのか、しだいに風と波の音がたかくなってくる。欄干の外にはすっかり夜の闇が垂れこめて、ふたつ、三つ、星のまたたく空には、雲脚が馬鹿にはやくなっていった。

三

志賀泰三が瀬戸内海の小島(沖の小島という)に建てた竜宮城のような建物は、新聞や雑誌にも報道されてちょっと評判になっていた。

それは日本趣味とも支那趣味とも、飛鳥天平《あすかてんぴょう》とも安土桃山時代ともつかぬ、摩訶《まか》不思議な構造物の混血児だが、見るひとのどぎもを抜くには十分だった。

「なあに、よくよくみるとチャチなもんでね。材料やなんかも安っぽいもんで、それを極彩色に塗りたくって誤魔化してあるというもんなんだが、結構だけは相当なもんだな。あいつがああいう家を建てようとは思わなかった。結局、あれはアメリカ主義で、アメリカ人の見た東洋趣味が、あそこに圧縮されているのかもしれない」

久保銀造はその家についてそう説明した。

「奥さんはこの土地のひとですか」

「ああ、そう、さっき話の出た村松ね、名前はたしか恒《つねし》といったと思うが、そのひとがこの町のお医者さんなんだ。静子というのはみなし児で、村松さんのところで看護婦をしてたんだが、それを戦後アメリカからかえってきた志賀のやつが見染めてね。村松さん夫婦の媒酌で結婚したんだ。自慢するだけあってなかなかべっぴんだよ」

「まだお若いんですか」

「若いも若いも、二十三か四だろう。結婚したのは一昨年だったがね。それからだよ、あいつひげを生やしたり、髪をきれいになでつけたりしはじめたのは、もとはわれわれ同様もっとラフな男だったがな」

「いまでもその感じはありますな。とても無邪気で、……しかし、そういう奥さんに子

にきた。

それはさておき、十二時少しまえになって、村松家から女中が懐中電灯をもって迎えとは、それから間もなくわかった。

銀造もわがことのようによろこんだが、しかし、必ずしも有卦に入ったのではないこ
「あいつもいよいよ有卦《うけ》にいったかな」

供が出来るとなると、ああして有頂天になるのもむりはありませんね」


沖の小島の旦那様は、お酒に酔うてひとあしさきに艀《はしけ》にいらっしゃいましたから、みなさまもこれからおいでくださいますようにという口上だった。

その女中の案内で船着き場までできた銀造は、そこに碇泊しているランチを見て、思わず大きく眼を見張った。

あとで聞くと、それが志賀泰三の自家用ランチだそうだが、まるで竜頭げき首のうえに、お神輿《みこし》をくっつけたような恰好をしている。なるほど竜宮城のあるじの船としてはこうあるべきなのだろう。金田一耕助はちょっと頰笑ましかった。

志賀泰三はそのランチのそばに、ぐでんぐでんに酔払った恰好で立っていた。足下もおぼつかない模様なのを、二十七、八の青年が肩でささえて、

「おじさん、危いですよ、危いですよ」

と、ハラハラするように注意をしている。

「志賀さん、どうしたんだね。ひどくまた酔っ払ったもんじゃないか」

「ああ、こ、これは久保さん、き、金田一先生も……し、失礼。だけどな、だけどな。ここ、これが酔わずにいられよか。あっはっは」

乾いたような笑い声をあげる志賀泰三の眼には、涙のようなものが光っている。

「どうかしたんですか。お通夜の席でなにかあったんですか」

「はあ、あの、……おやじがつい、よけいなことをおじさんのお耳にいれたもんだから。……失礼しました。ぼく村松の長男で徹《とおる》というもんです」

ズボンに開襟シャツ一枚の徹は、陽にやけたたくましい体をしている。なんとなくうさん臭そうな顔色で、銀造と耕助の顔を見くらべていた。

「おじさん、お客さんがいらしたんだから、さあ、乗りましょう。ランチはぼくが運転します。滋《しげる》のことは許してください。あいつも、もう仏になったんですから」

「うう、うう、許すも許さんも……だけど、おれはなんだか変な気になった」

志賀泰三はバリバリと髪の毛をかきむしる。金田一耕助と久保銀造は、思わず顔を見合わせた。

「おじさん、おじさん」

徹は泣き出しそうな声である。

「志賀さん、しっかりしたまえ。徹君が心配してるからとにかく船に乗ろう。われわれもいっしょに乗るから。さあ……」

「ああ、久保さん、すまん、すまん、こんな狂態をお眼にかけて……き、金田一先生、す、すみません」

徹に抱かれるようにして、志賀泰三はランチに乗り込む。久保銀造と金田一耕助もそのあとにつづいた。

ランチのなかにはビロードを張りつめた長い腰掛けがある。志賀はゴロリとその腰掛けによこたわると、駄々っ児のように両脚をバタバタさせながら、なにやらわけのわからぬことをくどくどいっていたが、急にしくしく泣き出した。

「どうしたんですか、徹君、なんだかひどく動揺しているようだが……」

「はあ、すみません、おやじがあんなことを打ち明けなければよかったんです。いま、すぐ船を出します」

徹が運転台へうつると、すぐランチが出発する。

嵐はだんだん強くなってくるらしく、雨はまだ落ちてこなかったが、風が強く、波のうねりが大きかった。空も海も墨をながしたように真暗で、そのなかにただひとつ、明るくかがやいている沖の小島の標識灯をめざしてランチは突進していくのである。

志賀泰三のすすり泣きは、まだきれぎれにつづいている。それを聞いているうちに、金田一耕助はふっと、物の怪《け》におそわれたようなうすら寒さをおぼえた。

志賀泰三は腰掛けのうえで、しくしく泣きながらてんてん反側していたが、急にむっくり起きなおると、

「ああ、そうそう、久保さん」

と、涙をぬぐいながら声をかけた。

「はあ……」

「さっきいい忘れたが、樋上四郎がいまうちにいるんです。樋上四郎……おぼえてるでしょう」

それだけいうと、志賀泰三はまたゴロリと横になって、もう泣かなくなったけれど、それっきり口をきかなくなった。

金田一耕助と久保銀造は、思わずギョッと顔を見合わせる。

樋上四郎というのは、その昔、志賀の細君だったイヴォンヌを殺した男ではないか。

金田一耕助はふっと怪しい胸騒ぎをおぼえて、仰向けに寝ころんでいる志賀のほうへ眼をやった。久保銀造も同じ思いとみえて、食いいるように志賀の顔をにらんでいる。

じっと眼をつむっている志賀の顔は物凄いほど蒼白く冴えて、なにかしら、悲痛な影がやどっている。

金田一耕助と久保銀造は、また、ふっと顔を見合わせた。

四

ランチが沖の小島へついたころには、嵐はいよいよ本式になってきた。

水門からボート・ハウスのなかへ入っていくと、白小袖に水色の袴をはいた少年が迎えに出た。

「徹、今夜はここへ泊まっておいで。夜が明けてから陸づたいにかえるがいい。それでも葬式に間にあうだろう」

志賀もいくらか落ち着いていた。

「はあ、そうさせていただきます。すみません」

徹はランチをつなぎとめながら、ペコリと頭をさげた。

徹をそこへのこして一同がボート・ハウスを出ると、暗い嵐の空に、累々層々たる屋根の勾配が重なりあって、強い風のなかに風鐸《ふうたく》が鳴っている。昼間、この島を遠望すると、おそらく蜃気楼のように見えるだろう。

大きな朱塗りの門を通り、春日《かすが》燈籠のならんだ御影《みかげ》石の道をいくと玄関があり、老女がひとり出迎えた。

「ああ、お秋《あき》さん、静のようすはどうだね」

「はあ、なんですか。今夜はとくべつに気分が悪いとおっしゃって、宵から寝所へお入りになりました。旦那さまがおかえりになりましたら、恐れいりますが、菊の間でおやすみくださいますようにとのことでした」

「ああ、そう、ちょっと見舞いにいっちゃいけないかしら」

志賀の声はひどく元気がない。

「おじさん、今夜はおよしになったほうがいいでしょう。気分がおさまってから……」

あとから来た徹が注意する。

「ふむ」

おとなしくうなずいたものの、徹を見る志賀の眼には、なにかしら不快なものがうかんでいる。しかし、すぐその色をもみ消すと、

「いや、失礼しました。それではこちらへ……」

案内されたのは菊の間だろう。欄間の彫りも襖の模様も、ぜんぶ菊ずくめの豪華な十二畳で、客にそなえて座蒲団などもよくくばられていた。

「あの、召し上がりもののお支度をいたしましょうか」

「あ、いや、もうおそいからそれには及びません。志賀さん、あんたもおやすみなさい。なんだか気分が悪そうだから」

「はあ、どうも。……醜態をお眼にかけて……金田一先生もお許しください」

志賀はまだ深く酔いがのこっている眼付きだが、さっきの狂躁状態とは反対に、深い憂鬱の谷のなかに落ちこんでいるらしかった。

その晩、耕助は久保銀造と枕をならべて寝たが、なかなか眠りつけなかった。嵐はますますひどくなるらしく、風鐸の音が耳について離れない。しかし、それよりもっと耕助の眠りをさまたげたのは、さっきの志賀の狂態である。

宵に宿であったときの上機嫌とうって変わったあの狂態は、いったい、何を意味するのか。お通夜の席で親戚の村松が、何かいったということだが、それはどういうことか。

それにもうひとつ、気になるのは、かつて志賀の細君を殺したという男が、いまここにいるということだ。それ自体、不安をそそる事実だが、それよりも、あの狂態の最中に、志賀はなぜまたそのことをいいだしたのか。久保銀造も寝られぬらしく、てんてん反側していたが、しかし、さすがに、失礼な臆測はひかえて、ふたりとも口を利かず、そのうちに耕助はとろとろとまどろんだ。

その耕助がただならぬ気配に眼ざめたのは、明け方ちかくのことだった。

寝床のうえに起きなおって、聴き耳を立てると、遠くのほうで廊下をいきから足音が乱れて、それにまじって誰か号泣する声がきこえる。

「おじさん、おじさん」

耕助がゆすぶると、隣に寝ていた銀造もすぐ眼をさました。

「耕さん、何かあったかな」

ただならぬ耕助の顔色に、銀造もギョッと起きなおった。

「おじさん、何かあったらしいですよ。ほら、あの声……」

銀造もちょっと耳をすまして、

「志賀の声じゃないか。いってみよう!」

寝間着のまま声のするほうへいってみると、一間のまえにお秋という老女と女中が三人、それに六十前後の白髪のおやじがひとりまじって、ものにおびえたように座敷のなかをのぞいている。

それを掻きわけて金田一耕助がのぞいてみると、つぎの間のむこうに寝室があるらしく、立てまわした屏風のはしから絹夜具がのぞいている。その夜具のうえに白い寝間着を着た男の脚と、赤い腰巻きひとつの女の脚が寝そべっていて、

「静……静……おまえはなぜ死んだ。おれをのこしてなぜ死んだ。静……静……」

号泣する志賀の声が屏風のむこうから聞こえてくる。金田一耕助は久保銀造をふりかえって、ギョッと呼吸をのんだ。

「おれじゃない。おれじゃない。おれは何もしなかった」

そばに立っているずんぐりとした白髪のおやじが、何かつかれたような眼の色をしてつぶやいている。金田一耕助がまた銀造のほうをふりかえると、銀造がかすかにうなずきかえした。これがその昔、志賀の愛妻を殺したという樋上四郎なのだろう。

「おじさん、とにかくなかへ入ってみましょう」

屏風のなかをのぞいてみると、志賀はしっかりと愛妻の体を抱きしめ、頬ずりし、肌と肌とをくっつけて、静よ、なぜ死んだと掻きくどいているのである。

その静子は腰巻きひとつの裸体で、長い髪が肩からふくよかな乳房のうえにからまっている。志賀が夢中でその体をゆすったとき、黒髪がばさりと寝床のうえに落ちたが、そのとたん、金田一耕助と久保銀造ははっきり見たのだ。

静子ののどには大きな拇指のあとがふたつ、なまなましくついている。……

だが、それにしても、静子の枕もとにころがっているものはなんだろう。いびつな球

状をしたガラスのたまで、中央に黒い円形の点がある。金田一耕助はそれをのぞいてみて、ギョッと呼吸をのみこんだ。

それは義眼であった。ガラスでつくった入れ眼である。その入れ眼が瞳をすえて、静子の死体と、志賀泰三の狂態を視すえているかのように。……

金田一耕助はゾクリと肩をふるわせた。

五

「おやじがあんなことを云わなければよかったんです。いかに弟の遺言だからって、おじさんの気性をよく知ってるんだから、いうべきじゃなかったんです。ただ、しかし、おやじもまさか、こんなことになろうとは思わなかったろうし、それにおじさんに謝りたいという気持ちもわかるんですが……」

おそく起きてこの変事をしった徹は、愕然たる顔色で、おじさんに悪かった、静子さんに気の毒だと、しきりに繰りかえしていたが、そこを金田一耕助と久保銀造に問いつめられて、やっとしぶしぶ口をひらいた。

「これはわれわれにとっても、思いもよらぬことだったんですが、病いが改まっていよいよもういけないと覚悟をきめたとき、滋がこんなことを告白したんです。静子さんと弟は、静子さんの結婚まえ、つまりうちでまだ看護婦をしていた時分、恋愛関係があったというんです。だから、静子さんは結婚したとき、処女ではなかったし、しかもその交渉は静子の結婚後も、ひそかにつづけられていたというんです」

金田一耕助と久保銀造は顔見合わせてうなずきあった。昨夜以来の志賀の言動から、ふたりはだいたいそのようなこともあろうかと想像していたのである。

「そして、そのことを昨夜、お通夜の席で村松さんがおっしゃったのかな」

銀造の口調はきびしかった。徹は身もちぢむような恰好で、愁然と頭をたれながら、

「はい。それが滋の遺言でしたから。……滋はおじさんにすまなかった。悪いことをしたといいつづけ、じぶんが死んだらおじさんにこのことをうちあけて、よく謝ってくれといいつづけて死んだものですから……」

「いくら故人の遺言だからって、静子さんの立ち場もかんがえないで……」

銀造の顔にははげしい憤りがもえている。言葉も強く、するどかった。

「はあ、あの、まったくそうなんです。しかし、父としては媒酌人としての責任もありますし、一応、耳に入れるだけは入れておこうと……まさか、こんなことになるとは思わなかったでしょうから……」

「なんぼ媒酌人としての責任があるからって、そ、そんな非常識な……」

「おじさん、まあまあ、しゃべってしまったものは仕方ありませんよ。ところで、徹さん」

「はあ」

「あなたはまさかこんなことになるとは思わなかったから、お父さんが秘密をうちあけたとおっしゃるが、そうすると、お父さんが秘密をうちあけたから、こんなことになった。……ということは、志賀さんが静子さんを殺したんだとおっしゃるんですか」

徹はギョッとしたように顔をあげ、金田一耕助の顔を見直すと、やがて声をひそめて、

「じゃおじさんじゃないんですか。たれかほかに……」

「いいえ、それはまだわかりません。こういうことはよく調査したうえでないと、軽々には判断はくだせないものです」

「失礼しました。ぼ、ぼく……昨夜の今朝のことですし、おじさんが非常な激情家だってことしってますし、それに……それに、昔、アメリカで、おじさん、やっぱり同じようなことやったって話聞いてますから……」

「しかし、あれは志賀がやったことじゃなかったんだよ。犯人はほかにあったんだ！」

銀造は怒りをおさえかねて怒鳴りつける。徹はしどろもどろの顔色ながら、しかし、どこかしぶとい色をうかべて、

「はあ、あの、それは……おじさんもそう云ってました。しかし、何分にも遠い昔の、しかもアメリカでの出来事ですから……」

「そ、それじゃ、君は……」

「おじさん、まあまあ、いいですよ。それより徹さん、もうひとつお訊ねしたいことがあるんですが……」

「はあ」

「滋君と静子さんの交渉は結婚後もつづけられていたとおっしゃるが、いつごろまでつづいていたんですか」

「はあ、あの、それなんです。それがあるから、父は面目ないというんです。ふたりの関係は滋が大喀血をして倒れるまで、すなわち、三月ほどまえまでつづいていたというんです。だから、ひょっとすると、静子さんの腹の子は……」

徹もさすがにそれ以上はいいかねたが、それを聞くと耕助と銀造は、ギョッとしたように顔見合わせた。銀造は怒りに声をふるわせて、

「そ、そ、そんなことまでいったのか！」

「はあ、あの、それが一番だいじなことですから。……云いだしたからにはそこまでいわなければ……しかし、しかし、やっぱり父が悪かったんです。全然、云わなければよかったんです」

銀造が何かきびしい口調で怒鳴りつけようとするところへ、老女のお秋が入ってきた。

「久保の旦那様、ちょっと旦那様のところへ来ていただけないでしょうか。わたしどもではちょっと……」

「ああ、おじさん、いってあげてください。そのかわりお秋さん、あなたここにいてください。ちょっとお訊ねしたいことがありますから」

「はあ」

「耕さん、じゃわしはいってくる」

銀造は憎々しげな一瞥《べつ》を徹にのこして、そそくさと部屋から出ていった。徹はもじもじしながら、

「ぼくもそろそろかえりたいんですが……きょうは弟の葬式ですから」

「葬式は何時ですか」

「三時出棺ということになってるんですが、いろいろ仕度がありますから」

徹は心配そうに外を見ている。昨夜から見ると風はいくらかおさまったけれど、そのかわり大土砂降りになっていた。

「ああ、そう、それじゃおかえりにならなきゃなりませんが、そのまえにお訊ねがもうひとつ」

「はあ、どういうことですか」

「このへんに、どなたか入れ眼をしているひとがありますか」

「入れ眼？」

「お心当たりがありますか」

「入れ眼が、ど、どうかしたんですか」

「いや、お心当りがありますかって……」

「入れ眼なら滋さんがそうでしたね。右の眼がたしか入れ眼だとか……」

お秋の言葉に金田一耕助は、思わず大きく眼を見張った。それから、口をすぼめて口

笛でも吹きそうな恰好をしたが、それをやめて、徹のほうにかるく頭をさげると、

「いや、お引きとめして失礼しました。それではどうぞお引き取りになって……」

徹はもじもじと、何かさぐり出そうとするかのように、耕助の顔を見ていたが、やがて諦めたように肩をゆすると、

「お秋さん、自転車をかしてほしいんだが……」

「はあ、ところが、いまみると、その自転車がこわれてるんですよ。傘を出させますから……」

お秋は女中を呼んで傘を出すように命じた。徹は外の雨を気にしながら、しぶしぶ出ていった。

そのうしろ姿を見送って、耕助はお秋のほうにむきなおった。

「ねえ、お秋さん。こういうことになったら、何もかも腹蔵なくおっしゃっていただかねばなりません。多少、失礼なことをお訊ねするかもしれませんが……」

「はあ、あの、どういうことでしょうか」

お秋は心配そうに体をかたくしている。

「露骨なことをお訊ねするようだが、奥さんはいつもああして……つまり、その、腰巻きひとつでおやすみになるんですか」

「とんでもない」

お秋は言下に打ち消して、

「奥さまはそんなかたではございません。あのかたはとてもたしなみのよいかたでしたから、裸で寝るなんて、そんな……」

「それじゃ、誰かが裸にしたと思わなければなりませんが、あの部屋には寝間着が見えなかったんですがね」

「はあ、あの、それは敷蒲団の下に敷いてあるのじゃございませんか。奥さまは万事きちんとしたかたで、お召し物などもいつも折り目のついたのをお好みになりますので、お寝間着などお寝間をしくとき、ちゃんとたたんで、その下に敷いておきますんで……」

「ああ、なるほど、道理で……」

しかし、これはどういうことになるのか。静子は寝間着に着更えようとして、着物をぬいだところを絞め殺されたのだろうか。しかし、女が着物をぬぎかえるときには、誰でも本能的に用心ぶかくなるものだ。

着物をぬぎすててしまってから、敷蒲団の下にしいてある、寝間着を取り出しにかかるとは思えない。一応、寝間着を出しておいてから、着物をぬぐべきではないか。しかも、着物はきちんとたたんで衣桁《いこう》にかかっていたのだ。

「ところで、昨夜お召しになっていた着物は、衣桁にかかっている、あれにちがいないでしょうな」

「はあ、あれにちがいございません」

「奥さまは昨夜、何時ごろに寝所へおひきとりになりましたか」

「七時すぎでしたでしょうか。今夜は気分が悪いからとおっしゃって……」

「旦那さまがおかえりになったら、菊の間でおやすみになるようにとおっしゃったのはそのときで……」

「はあ、さようでございます。わたしどもに用事があったらベルを鳴らすから、それまではさまたげないようにとおっしゃって……」

「それから今朝まで、奥さんにおあいにならなかったんですね」

「はあ、でも、十二時ちょっとまえでした。呼び鈴がみじかく鳴りましたので、お部屋のまえまでおうかがいして、声をおかけしたんですけれど、御返事がなくて、寝返りをおうちになるような気配がしました。それで、間違ってベルを押されたのだろうと、ひきさがって参りましたので。……ベルの鳴りかたが、ほんとにみじかかったものですから……」

「呼び鈴はどこに？」

「コードになって、枕許においてございます。寝ながらでも押せるように……」

金田一耕助はしばらくためらったのちに、

「ところで、旦那様と奥さんのお仲ですがね。ふだんどういうふうでした」

「それはもう、あれほど仲のよいご夫妻ってちょっと珍しいんじゃないでしょうか。旦那様はもう奥様のことといえば夢中ですし、奥様もとても旦那様をだいじになすって…

…」

　それは誰でも奉公人のいう言葉である。

「どうでしょうね。奥さんには旦那さまのほかに愛人があったというようなことは……そして、結婚後もひそかに関係がつづいていたというようなことは……」

　お秋はびっくりしたように、耕助の顔を見ていたが、急に瞼を怒りにそめると、

「金田一先生、あなたのことはさきほど久保さんからおうかがいいたしました。あなたのような職業のかたは、とかくそういうふうにお疑いになるのかもしれませんが、なんぼなんでも、それではあたし心外ですよ。それはまあ、結婚以前のことはあたし存じません。しかし、こちらへお嫁にこられてから、そんな馬鹿なこと。……これだけ大勢奉公人がいるのですから。そういうことがあればすぐしれますし、第一、そんなかたじゃございません。しかし……」

　と、お秋は急に不安そうな眼の色を見せて、

「誰かそんなことをいうひとがあるんですか」

「いや、まあ、それはちょっと……」

　と、耕助は言葉をにごして、

「ときに志賀さんのご親戚といえば、村松さんしかないそうですが、あそこのかた、ちょくちょく……？」

「はあ、それはよくいらっしゃいます。奥様は娘時分、あそこのおうちにいられたんで

すから、田鶴子《たずこ》さんなど、しょっちゅういらっしゃいます」

「田鶴子さんというのは」

「さっきここにいらした徹さんの妹さん、お亡くなりになった滋さんの下で、ことし二十におなりとか……奥さまとはご姉妹のようになすって……」

「なるほど、それからほかには……」

「ちかごろは先生が一週に一度はいらっしゃいます。奥さまが御妊娠なすってから、旦那さまがとても御心配なさいますので……一昨日もいらっしゃいました」

「一昨日というと、滋君というひとが……」

「はあ、ですから、先生は滋さんの死に目におあいになれなかったそうで。……それですから、奥さまが悪い、悪いと気になすって……」

金田一耕助が何かほかに聞くことはないかと、思案しているところへ、対岸の町から係官がどやどやと駆けつけてきた。

六

志賀泰三はそのときまで、静子の死体を抱いてはなさなかった。肌と肌とをくっつけて、そうすることによって、静子の魂を呼びもどすことが出来るかのように、

「静、なぜ死んだ。おれを残してどうしておまえは死んだんだ」

た。


と、愛妻の名を呼び、かきくどいてやまなかった。だから、係官がやってきたときも、静子の亡骸《なきがら》から泣きわめく志賀をなだめて、引きはなすのに難渋しなければならなかった。

「イヴォンヌのときがやっぱりあれだったんだ。愛情のこまやかなのもほどほどで、少し度がすぎるもんだから他の誤解を招くんだ」

と、久保銀造が慨嘆したが、じっさい、係官の心証はあまりよくなかったようだ。

さて、こういう場合、何よりも必要なのは医者の検視なのだが、困ったことには嘱託医の村松氏は葬式でとりこんでいるうえに、近親者のことだから遠慮したいという申し入れがあったので、はるばる県の警察本部から、医者がくるのを待たねばならなかった。

金田一耕助は係官の現場検証がおわったあとで、敷き蒲団のしたを見せてもらったが、そこにははたして袖だたみにした寝間着がしいてあったので、そのことについて係官の注意を喚起しておいた。

正午過ぎ、志賀泰三が睡眠剤をのんでよく寝こんだところを見計らって、

「お秋さん、ぼく、ちょっと対岸の町へいってみたいんですが、自転車があったら貸してくれませんか」

「それがあいにくなことには。……どうしたのか今朝見ると、泥まみれになってこわれておりますの。まことに申し訳ございませんけれど……」

「ああ、そう、歩いていくとどれくらい？」

「歩いてはたいへんです。うかうかすると一時間はかかります。あの、なんでしたらランチを仕立てましょうか」

「ああ、そうしていただけたら有難いですね。それじゃ、おじさん、あなたもいっしょにいきましょうよ」

「ああ、そう、じゃいこう」

金田一耕助のやりくちをしっている銀造は、多くをいわずについてきた。

午前中降りしきっていた雨は小降りになって、霧のように細かい水滴が、いちめんに海のうちに垂れこめて、対岸の町も模糊としてかすんでいる。

ボート・ハウスへ入っていくと、ランチの運転台にはゆうべ迎えに出た少年がすわっていた。むろんきょうは白小袖ではなく、金ボタンの小ざっぱりとした詰め襟である。

「やあ、君が運転してくれるの。ご苦労さん」

「いいえ」

少年はちょっと頬を赧くする。ふたりが乗りこむとランチは水門をくぐってすぐ海へすべりだした。

「君、君、運転手君、君の名はなんというの」

「はあ、ぼく佐川春雄《さがわはるお》ともうします」

「佐川春雄か、いい名だね。ところで春雄君、君、いつもこのランチを運転するの」

「はあ」

「それじゃあ、昨夜はどうして運転してこなかったの」

「昨夜は徹さんがお迎えにいらっしゃいましたから」

「徹君が迎えにきたって？　なんできたの？　いや、なんのためにという意味じゃあなく、なにに乗ってやってきたの」

「自転車であっちの道……」

と、桟道を指さして、

「からいらっしゃったんです。何かご用事もおありだったんでしょう。あのかたもランチの運転がおできになりますから、旦那様をのっけてごじぶんで運転していらっしゃったんです」

「ああ、そう、それじゃ徹君、はじめっからお通夜がすんだら、またじぶんで送ってくるつもりだったんだね」

「はあ、そうおっしゃってました」

「それで、徹君の乗ってきた自転車はどうしたの」

「ランチに乗っけていらっしゃいました」

「しかし、それじゃ困るじゃないか。ご主人を島まで送ってきて、こんどかえるときはどうするつもりだったんだろう」

「いえ、それは、ゆうべひと晩泊まって、けさまた旦那といっしょに、ランチで町へおかえりになるつもりだったんじゃないでしょうか。どうせきょうはお葬式ですから、旦那もお出かけになるはずでしたから。あんなことさえなかったら……」

「ああ、そうか。そのとき君に運転してもらえばいいわけだね」

「はあ」

「おじさん、おじさん、この問題、狼と小羊をおなじ岸へおかないようにして、舟で川をわたらせるあの考えものに似てるじゃありませんか。あっはっは」

対岸の町へついて村松家をきくとすぐわかった。そこはランチのつく桟橋からものの百メートルとはなれておらず、裏の石崖の下はすぐ海である。いかにも田舎の医者らしい門構えをなかへ入っていくと、弔問客が三々五々とむらがっており、玄関わきの受付には喪章をつけた男がすわっている。

ふたりがそのほうへ歩いていくと、弔問客のなかから、

「あらまあ、お嬢さん、どうおしんさりましたの。そのお手……？」

と、仰山そうにたずねる女の声がきこえた。

「おっほっほ、いややわあ。会うひとごとに訊かれるんやもンゝ。ゆうべ階段からすべり落ちてはっと手をついたとたん挫《くじ》いたンよ。大したことないんやけどお母さんにうんと叱られたわ。お転婆やからって。あら、あの、どなた様でいらっしゃいましょうか」

と、金田一耕助と久保銀造のほうへむきなおったのは、黒っぽいスーツを着たわかい娘で、左手を繃帯でまいて首からつっている。これが田鶴子という娘だろう。色の白い、大柄の、ぱっと眼につく器量だが、いかにも高慢ちきで、それでいて品がない。

「はあ、あの、ぼくたち、沖の小島の志賀さんとこに厄介になってるもんですが、ちょっとお父さんやお母さんのお耳に入れておきたいことがございまして……」

「ああ、そう」

と、田鶴子はうさんくさそうに、ふたりの風態をじろじろ見ていたが、

「あの、あっちゃのお姉さん……」

と、いいかけて気がついたように、あたりを見まわすと、

「少々お待ちください。いま、お父さんにいってきますから」

田鶴子はいったんなかへ入っていったが、すぐ出てきて、

「どうぞ」

と、案内されたのはむさくるしい四畳半。いかにお葬式でとりこんでいるとしても、ここは客を通すような部屋ではなく、どうやらふたりは村松家にとって、あまり好ましい客ではないらしい。

金田一耕助と久保銀造は、顔見合わせてにがわらいをした。

七

「いや、お待たせしたね。何しろこのとおりとりこんでいるもんだから」

およそ十五分ほど待たせて、やっと顔を見せたのは村松医師とその細君らしい五十前

後の中婆あさん、徹と田鶴子もうしろからついてきた。田鶴子をのぞいた三人は紋服姿で、みんなじろじろうさんくさそうに金田一耕助の風采を見ている。

「あんたが金田一さんかね。じつはさっき徹から話をきいて、こちらからいこうかと思っていたところだったんだ。あんた、けさ徹に義眼のことを訊いたそうだが、それはどういう……？」

村松医師は志賀泰三のまたいとこだということだが、なるほど、そういえばちょっと似ている。眼の大きな、鼻のたかい、わかいときは相当の好男子だったろうと思われるが、泰三とちがうところは、ひどく尊大にかまえていて高飛車である。

しかし、これは田舎の医者として、あとから身についた体臭ででもあろうか。

「はあ、あの、ちょっと……」

と、金田一耕助はわざと思わせぶりな口吻《くちぶり》で、

「こちら、義眼について何かお間違いでも……？」

「いや、さっきお秋さんが云うたそうだが、亡くなった滋というのが義眼をはめてたんだ、ところでさっきあんたから義眼の話が出たと、徹がかえっていうもんだから、ふしぎに思ってお棺の蓋をとってみたところが、はたして滋の義眼がくりぬかれているんだ。君、それについて何か心当たりのことでも……」

村松医師も、細君も、徹も、田鶴子も疑わしそうな眼で耕助の顔を見まもっている。

「なるほど、それでいつくりぬかれたか、お心当たりはございませんか」

「そうだねえ。滋の亡骸《なきがら》を納棺したのはきのうの夕刻のことだったが、そのときにはむろん義眼もちゃんとはまっていたよ。だからくりぬかれたとすると、それからあとのことになるが……」

「すると、お通夜のあいだということになりますか」

「たぶんそういうことになるだろう。納棺したとはいうものの、蓋に釘がうってあったわけじゃあないからね」

「あなた、あなた」

　と、そばから細君がじれったそうに、

「そんなことといってないで、このひとがなぜ義眼のことなんかいいだしたのか、それを聞いてごらんになったら……」

「いや、奥さん、失礼しました。それじゃ、ぼくから申し上げましょう。じつは……そうそう、沖の小島の奥さんが絞め殺されたってことは、徹君からもお聞きになったでしょう」

「はあ、それはさっき聞いた。みんなびっくりしてるところで……さっそく駆けつけなきゃあいけないんだが、こっちもこのとおりのとりこみで……」

「いや、ごもっともです」

「で、義眼のことだが……？」

「はあ、それが、……絞め殺された奥さんの枕もとに、義眼がひとつころがっていたんです。まるで死体を見まもるようにね」

そのときの一同のおどろきかたはたしかに印象的だった。さすがに尊大ぶった村松医師も、さっと顔が土色になり、田鶴子のごときは、

「あら、いやだ！」

と、さけんで畳につっぷしたくらいである。

「田鶴子、なんです。お行儀の悪い。あなたは向こうへいってらっしゃい」

村松夫人がするどい声でたしなめる。これまた良人におとらぬ見識ぶった女だが、田鶴子はしかし頭を横にふったまま動こうとはしなかった。

「しかし、それは、ど、どういうんだろう」

「さあ、どういうんでしょうかねえ。ひょっとすると滋君の魂が、愛するひとの最期を見とどけにいったんじゃあないでしょうかねえ」

「馬鹿なことをおっしゃい」

夫人がぴしりと極めつけるように、

「それは泰三さんがくりぬいていったにきまってますよ。滋がよっぽど憎らしかったんでしょう。だから、義眼をつきつけて静さんを責めたあげく、嫉妬にくるって絞め殺したんですよ。いかにもあのひとのやりそうなことだよ」

「安子、おだまり」

村松医師は夫人を叱りつけておいて、

「これのいうことを気にしないで。少し気が立ってるもんだからね。ところで何か心当たりが……そうそう、徹もてっきり泰三君がやったことだと思いこみ、けさがた失礼なことを云ったそうだが、まあ、若いもんのことだから勘弁してやってくれたまえ。……強盗でも入ったような気配は……?」

「さあ、いまのところまだはっきりとは……何しろいつごろ殺されたのか、それすらまだよくわからない状態ですから……」

「いや、それはすまないと思ってる。おれがいけければいいんだが、何しろこの状態で……本部のほうから誰か来たかね」

「いや、われわれが島を出るころには、まだ見えておりませんでした。検視の時刻がおくれると、それだけ正確な死亡時刻をつきとめにくくなるので、それを心配してるんですが……」

「いや、ごもっともで」

「でも、主人としてはいまのところ、出向けないってことくらい、あんたでもわかるでしょう」

　安子夫人の高飛車な調子である。

「いや、もう、それはごむりもございません」

　それから昨夜のお通夜の話になったが、いくら故人の遺言とはいえ、あんなことを打ち明けなければよかった。その点についてはふかく反省していると、村松医師は恐縮が

ったが、夫人はそれにたいして不服らしく、

「でもねえ、あんたがたはどういうお考えかしりませんが、あたしどものような律義な性分のものとしては、そういうことをしっていて、だまって頬冠りで通すなんてことできませんよ。どうしてもいちど打ち明けてあやまらなければ気がすみませんからね」

「それはそうでしょうねえ。奥さんのようなかたとしては……」

「それにしても、あたし泰三さんというひとを見そこないました。あのひとアメリカでさんざん好きなことしてきてるんでしょう。それならば静子さんが処女であろうがなかろうが、そんなこととやかくいえた義理じゃないじゃありませんか」

「しかし、奥さん」

と、久保銀造はむっとしたように、

「なんぼなんでもじぶんの妻のお腹にいる子が、他人のタネかもしれないなどといわれて、激昂しない男はまあおそらくおらんでしょうねえ」

「ほっほっほ、それでお腹の子ぐるみ、殺してしまったとおっしゃるのね」

銀造は色をなしてなにかいいかけたが、金田一耕助に眼くばせされて、唇をきっとへの字なりに結んでだまってしまった。どうせ口ではこの女にかなわない。

それでもふたりはせっかく来たのだからと、仏に線香をあげ、三時の出棺を見送って村松家を出た。村松医師もこちらが片付いたら、できるだけはやく駆けつけるといっていた。

八

「耕さん、何か収穫があったかね」

ランチに乗ったときの銀造の顔色はいかにも不愉快そうである。

「いやあ、べつに……ただ、なんとなくあのひとたちに会ってみたかったんです。しかし、おじさん、なかなか興味ある一家じゃあありませんか。四人が四人ともね」

「どうもわしにはあの細君が気にくわん。あの女、ひと筋縄でいくやつじゃないぜ」

「あっはっは、おじさん、みごとお面いっぽんとられましたね」

口では笑っているものの、金田一耕助はなにかしらもの思わしげな眼で、ぼんやりと窓外を見ていたが、何気なくその視線を腰掛のうえに落としたとき、急に大きく眼をみはった。腰掛けと板壁とのあいだのすきに、何やらきらきら光るものがはさまっている。

「おじさん、おじさん、ナイフかなにかお持ちじゃありませんか」

「耕さん、何かあったかね」

銀造にかりたナイフで、その光るものを掘りだしてみると、なんとそれはダイヤをちりばめた豪華な腕輪ではないか。しかも中央についているロケットのようなものを開いてみると、安産のお守りが入っている。

「あっ、こ、耕さん、こりゃあひょっとすると静さんの……」

「そ、そ、そうでしょうねえ、きっと。……君、君、春雄君」

「はあ、お客様、なんですか」

「この腕輪、ひょっとしたら奥さんのもんじゃあない」

運転台でハンドルを握っていた佐川少年は、腕輪を見るとおどろいて、

「さあ、ぼく、こんな腕輪見たことありませんが、ここいらでこんなもん持ってるのは、うちの奥さんよりほかにいないでしょう。お客さん、これ、ランチのなかに落ちていたんですか」

「ああ、いまここで見つけたんだが、奥さんがいちばんさいごにランチに乗られたのはいつのこと……」

「もうずいぶんまえのことです。お腹が大きくなられてから、乗り物に乗るのをできるだけひかえていらっしゃるんです。はっきりおぼえておりませんが、もうひと月もまえのことではないでしょうか」

金田一耕助は思わず銀造老人と顔見合わせた。

「それで、奥さん、腕輪をなくしたというようなこと、おっしゃってはいなかった？」

「いいえ。……変ですねえ、ひと月もまえからランチのなかに落ちていたとしたら、たとえどこにあったとしても、ぼく、気がつかねばならんはずですが。……毎日ランチのなかを掃除するんですから。……お客さん、どこに落ちていたんですか」

「この腰掛けと板壁のあいだの、すきまにはさまっていたんだが……」

「それならばなおのこと。……その腰掛けは蓋のように開くんですよ。ぼくは毎日、それをひらいてそのなかも掃除するんです」

「ああ、そう、おじさん、ちょ、ちょっと立ってみてください」

金田一耕助の眼があやしくぎらぎら光るのを見ると、銀造は思わず唾をのみ、あわてて腰掛けから立ちあがった。

耕助が腰掛けの上部に手をかけてひきあげると、なるほど蓋のように開いて、なかは箱になっている。しかも、その箱のなかはごくさいきん誰かが洗ったらしく、まだ少しぬれている。

「君、君、春雄君、きょうこの箱のなかを洗ったの君かい？」

「いいえ。けさはランチのなか、きれいに掃除ができていたので、ぼくはなんにもしなかったんです」

「掃除ができてたって、誰がしたの。君のほかに誰かランチの掃除係りがいるの」

「いいえ、ランチの係りはぼくだけなんです。だから、きっと徹さんだろうと思ってお礼をいったら、旦那がゆうべへどをお吐きになったから、掃除をしておいたといってました」

金田一耕助と久保銀造はまた顔を見合わせる。志賀泰三はずいぶん泥酔していたけれど、そんな粗相はしなかったはずである。

金田一耕助は五本の指をもじゃもじゃ頭につっこんで、眼じろぎもせずに箱のなかを

視つめていたが、やがてもじゃもじゃ頭をかきまわす、指の運動がだんだん忙がしくなってくるのを見て、

「こ、こ、耕さん」

と、銀造老人も興奮してどもる。

「こ、こ、この箱がどうかしたのかな」

「おじさん、おじさん」

と、耕助は老人の耳に口をよせ、

「この箱のなか、人間ひとり押しこもうとすれば、入らないことありませんね」

「な、な、なんだって！」

耕助は蓋をしめようとして、蓋のうらがわから、ながい毛髪をつまみあげた。

「おじさん、あなたが証人ですよ。この髪の毛は蓋のうらにくっついていたんですよ」

耕助はその毛髪をていねいに紙にくるむと、

「おじさん、もうかけてもいいですよ」

と、みずから腰掛けに腰をおろし、しばらく眼をつむって考えていたが、やがてぎくっとしたように、

「君、君、春雄君」

と、運転台の少年に声をかけた。

「はあ、お客さん、なんですか」

「お秋さんに聞いたんだけど、今朝見ると自転車がこわれてたんだってね」

「ええ、そうです、そうです。それですからお客さん、ゆうべ泥棒がはいったんですよ、きっと」

「こわれたって、どんなふうにこわれてたの」

「ペダルがひとつなくなっているうえに、ハンドルがまがってしまって、まえの車輪がうごかなくなってるんです。きのうの夕方までそんなことなかったんですから、ゆうべきた泥棒が、自転車で逃げようとして、どこかで転んだんじゃありませんか」

「自転車はどこにあったの？」

「自転車置き場にあったんです」

「自転車置き場はどこにあるの」

「裏木戸のすぐあちらがわです」

「裏木戸は開いてたの」

「さあ、それは……ぼく、聞きませんでした」

金田一耕助はまた眼をつむって、ふかい思索のなかへ落ちていく。

九

沖の小島へかえってみると、さっき着いたといって、県の警察本部から駆けつけてきた連中が、島のまわりを駆けずりまわっていた。

金田一耕助が玄関から入っていくと、なかからとび出した中老の男が、いきなり耕助に抱きついた。

「金田一さん、金田一さん、あんたがこっちへきてるとは夢にもしらなかったよ。岡山へきて、わしのところへ挨拶にこんという法はないぞな。わしが県でも古狸だということをしらんのかな。あっはっは」

いかにもうれしそうに笑っているのは磯川《いそかわ》警部である。

「本陣殺人事件」以来おなじみのふたりは、「獄門島」や「八つ墓村」のときもいっしょに働いたので、強い友情でむすばれている。

「いやあ、さっそくご挨拶にうかがいたかったんですが、ここにいるご老体がはなしてくれませんのでね」

「あっはっは、耕さんはわたしの情人《いろ》ですからな。いや、警部さん、しばらく」

「いやあ、しばらく。あんたもお元気で。……しかし、金田一さん、あんたゆうべここへ来られたということだが、もう犯人の当たりはついてるんでしょうな」

「まさかね」

「どうだかな」

磯川警部はわざと小鼻をふくらませて、意地悪そうにジロジロ耕助の顔を見ながら、

「その顔色じゃ、何だかどうも臭いですぞ」

「いやね。警部さん、ぼくは第一、犯行の時刻もしらんのですよ。それに死因なんかもはっきりわからないし……」

「ああ、そう、犯行の時刻は昨夜の十二時前後、……はばを持たせて午後十一時から午前一時ごろまでのあいだというんですがね。それから死因は扼殺、……両手でしめたんですな。ところがちょっと妙なことがある」

「妙なことって？」

「下《しも》から相当出血していて、ズロースは真紅に染まってるんだが、そのわりに腰巻きがよごれていない。それに汚物を吐いた形跡があるというんだが、敷布のよごれかたがこれも少ない。しかし、これは大したことじゃないかもしれんが……」

と、いいながら磯川警部はジロリとふたりの顔を見て、

「あっはっは、金田一さん、あんたはしらをきるのはお上手だが、こちらのご老体は駄目ですな。いまわたしのいったことに何か重大な意味があるらしいですな」

「あっはっは、おじさん、気をつけてください。この警部さん、みずから古狸と称するだけあって、なかなか油断はなりませんからね」

銀造はしぶい微笑をうかべている。

「冗談はさておいて、警部さん、あなたがたのお考えでは……？」

「われわれのはいたって単純なもんです。昨夜のお通夜の席で、妻の不貞をきいたこの主人が、嫉妬のあまりやったんじゃないか。いや、やったにちがいないということに

なってるんですがね。犯行の時刻を一時とすると、時間的にもあいますからね。みなさん十二時過ぎにかえってきたそうじゃありませんか」

金田一耕助はちょっとおどろいたように磯川警部の顔を見なおした。

「それじゃ、昨夜のお通夜の話は、もうあなたがたにもれてるんですか」

「そりゃ、お通夜ですもの。ほかにも客がおおぜいいましたからね。土地の警察のもんがそれらの客から聞き出したんです」

「ああ、そう、それじゃほかにも客のいるまえであんな話をしたんですか」

金田一耕助はうれしそうにもじゃもじゃ頭をかきまわしている。銀造はあきれかえったように苦りきっていた。

「それにここの主人、若いときにもアメリカで細君をやったというじゃありませんか」

銀造の顔にはいまにも爆発しそうな憤懣《ふんまん》の色がうかがわれたが、金田一耕助はいよいようれしそうにもじゃもじゃ頭をかきまわす。

「金田一さん、金田一さん、どうしたんです。あんたがその頭をかきまわすとどうも臭い。何かしってるなら教えてください」

「失礼しました。警部さん、それじゃお秋さんをここへ呼んでください」

お秋はあの腕輪をみるると眼をまるくして、言下に静子のものだと断言した。そして、そこに安産のお守りが入っているから、肌身はなさず、寝るときだって身につけていたという。

「それで、お秋さん、あなたがさいごにこの腕輪をごらんになったのはいつでした」

「きのうの夕刻のことでした」

　と、これまたお秋は言下に答える。

「ご妊娠なさいましてからは、奥さまのご入浴のさい、いつもあたしがお背《せな》を流してさしあげることになっているんですが、きのうの夕刻ご入浴なさいましたとき、その腕輪をはずして、脱衣場の鏡のまえにおいてあるのを、あたしはたしかに見ておぼえております」

「金田一さん、その腕輪、どこで見つけたんですか」

　磯川警部がちょっと呼吸をはずませた。

「いや、それはあとでもうしあげましょう。ところで、お秋さん、奥さんのことですがね。昨夜奥さんが外出されたというようなことは考えられませんか」

　お秋はそれを聞くと、ギョッとしたように耕助の顔を見なおしたが、やがて低い声で、

「そうおっしゃれば、あたし、不思議に思ってることがございますの」

「不思議というと……？」

「じつは、あの、ぶしつけな話でございますが、奥さまがお腰のものの下にズロースをお召しになってらしたってこと……」

「それがどうして不思議なんですか」

「奥さまは和服のときはぜったいに、ズロースをお召しにならないかたでした。ズロー

スをはくと着物の線がくずれるし、また、ズロースをはいてるという気のゆるみから、無作法なまねがあってはならぬとおっしゃって……ましてや、おやすみになるというのに」

「ああ、なるほど。しかし、洋装のときにはもちろんおはきになるんですね」

「ええ、それはもちろんですけれど……」

「それで奥さん、ゆうべ洋装で外出されたということは考えられませんか」

「はあ、あの、あたしどもにはよくわかりませんが、しかし、奥さまがだれにも内緒で、日が暮れてから外出なさろうなどとは」

「しかし、金田一さん」

と、そばから磯川警部が口を出した。

「ここの奥さんが外出したにしろしなかったにしろ、そのことはこの事件に大して関係ないんじゃないかな」

「どうしてですか。警部さん」

「たとえ外出したにしろ、十二時にはこちらへかえっていたんですからな。お秋さんがベルの音を聞いたのは十二時ごろでしょう。……それから一時ごろに殺されたとすれば……」

「なるほど、なるほど、しかし、まあ、一応念のためにたしかめておきましょう。お秋さん、奥さんの洋服ダンスを調べてみてくれませんか。ああ、そうそう、それから今朝、自転車置き場のそばにある裏木戸が、なかからしまっていたかどうか、だれかに聞いてたしかめてくれませんか」

「裏木戸なら今朝たしかに、うちがわからしまっておりましたそうです。それから、自転車が泥だらけになってこわれているのが不思議だと……」

「ああ、そう、それではそのほうはかたづきました。では恐れいりますが、むこうへいったら樋上四郎さんに、こちらへくるようにつたえてください」

十

樋上四郎は久保銀造や志賀泰三よりわかいはずなのだが、たてよこいちめんにふかい皺のきざまれたその顔や、いつも背をかがめて真正面からひとの顔を見れないその態度から、じっさいの年齢よりも少なくとも十は老けてみえる。

まるでちりめんのように顔じゅうにきざまれたその皺のひとつひとつに、この男の不幸な人生の影がきざみこまれていて、老いてもなおつやつやと色艶のよい久保銀造などにくらべるとき、わかいころの過ちが、いかに人間の一生を左右することかと惻隠の情をもよおさせる。

樋上四郎は中腰になって上眼づかいに三人に挨拶すると、無言のまま膝小僧をそろえて坐ると背をまるくする。すくめた頸筋のあたりがみごとな渋紙色にやけていて、短く刈った白髪が銀色に光っている。

金田一耕助はにこにこしながら、

「樋上さん、また同じようなことが起こりましたね。二度あることは三度あるというが」

樋上はちらと上眼使いに耕助の顔を見ると、おびえたように首をすくめて、

「しかし……しかし……こんどはわたしじゃない。わたしはなにもしなかった……」

と喘《あえ》ぐようにいって咽喉仏をぐりぐりさせる。

「しかし、樋上さん、あんたはひょっとすると、ゆうべ奥さんの部屋へ入っていったんじゃありませんか」

樋上ははじかれたように顔をあげ、瞳に恐怖の色をたたえて、何かいおうとするように、顎をがくがくさせていたが、すぐぐったりとうなだれた。

「金田一さん、この男がゆうべ奥さんの部屋へ……？」

磯川警部はぎくっとした面持ちである。

「はあ、ぼく、そうじゃないかと思っていたんです。樋上さん、正直にいってください。あなた、奥さんの部屋へいったんですね」

「はあ」

と、短くこたえて樋上四郎は右腕の袖で眼をこする。

「しかし、いったい、なんのために、奥さんの部屋へ入っていかれたんですか」

「はあ、あの、しかし……」

と、樋上は追いつめられた獣のような眼をして、三人の顔をギロギロ見ながら、

「わたしがまいりましたときには、奥さんは、しかし、あの部屋にゃいなかったんです。わたしゃご不浄へでもいかれたんだろうと思うて、半時間あまり待っておりましたんですが、奥さんはとうとうかえってこられなかった。そのうちに、呼鈴にさわったとみえて、お秋さんが用事を聞きにきたりしたんで、わたしもとうとうあきらめてじぶんの部屋へかえりましたんです。あの、これは決していつわりでは……」

磯川警部が色をなしてなにかいおうとするのを、金田一耕助はかるく手でおさえると、おだやかな微笑を樋上にむけて、

「ねえ樋上さん、わたしはあんたが奥さんを殺したといってるんじゃないんですよ。奥さんが外出してたってことはわたしもしってる。わたしのききたいのは、なんのためにあんたが奥さんの部屋へ入っていったかということなんだが……」

「はあ、あの、それは……」

と樋上はまた咽喉仏をぐりぐりさせながら、

「ずっと昔、わたし志賀さんの奥さんを殺したことがあるもんですから……」

磯川警部はまたギョッとしたように樋上の顔を見なおしている。金田一耕助はそれについて、一応説明の労をとらねばならなかった。

「いや、警部さん、それはいいんです。いいんです。そのことはもうすんでるんです。

このひとは自首してでて、むこうで刑期をすましてきてるんですから。……樋上さん、それで……？」

「はあ、あの、そのことを志賀さんは黙っておれ、内緒にしとけとおっしゃるんですが、わたしゃ、それではなんだか心配で、心配で……」

「心配というのは……？」

「はあ、さっきあなたが二度あることは三度あるとおっしゃったように、わたしまた、あの奥さんの咽喉をしめるようなはめになりゃあせんかと。……そんな気がしてならないんです。奥さんに親切にしていただけばいただくほど、なんだか怖くなって……それで奥さんにわたしのことをよくしっていただいて、おたがいに用心したほうがよくはないかと、そんなことを考えたんです。そこで、ゆうべ志賀さんの留守をさいわいに、お話にあがりましたんです。わたし、あんないい奥さんを殺そうなどとは夢にも思いませんが、それでいながら、夢に奥さんの咽喉をしめるところを見たりして……」

　樋上四郎はまた右腕で眼をこする。

　人生のいちばんだいじな出発点で足をふみはずしたこの男は、たえずそのことが強迫観念となり、いくらかでも幸福な世界に足をふみいれると、またおなじような過ちをくりかえし、他人を不幸におとしいれると同時に、じぶんもふたたび不幸になるのではなかろうかと、怖れつづけてきたのにちがいない。

　金田一耕助はまたあらためて惻隠の情をもよおし、この人生の廃残者をいたましげに視まもっていたが、そこへお秋が入ってきた。

「あの……奥様の黒のスーツが一着と、お靴が一足見当たらないようでございますけれど……」

十一

正午過ぎから出た南の微風が、沖の小島をおおうていた霧をすっかり吹きはらい、海上はまだいくらかうねりが高かったが、空は秋の夕べの色を見せて、くっきりと晴れわたった。

本土と島をつなぐ桟道から、この沖の小島をながめると、それこそまるで蜃気楼のようである。なるほど建築学上からいうと、摩訶《まか》不思議な構造物であるかもしれない。しかし、おりからのあかね色の西陽をあびて、累々層々と島のうえに連らなり、盛りあがっている複雑な夢の勾配をみると、やはりひとつの偉観でもあり、美観でもあった。久保銀造のいうように、たとえ、材料やなんかチャチなものであるにしても。

「いや、耕さん、わしも見なおしたよ。なるほどここからみるといいな」

桟道のとちゅうのとある崖のうえに立った久保銀造は、ステッキのかしらに両手をおいて、ほれぼれとした眼でこのうつくしい蜃気楼をながめている。

金田一耕助はしかし、この蜃気楼がうつくしければうつくしいほど、これをつくりあげた男の情熱に思いをはせて、気がめいってならないのである。

志賀泰三は夢を見ていたのだ。子供のようにうつくしい夢の世界にあそんでいたのだ。しかしいまその夢が蜃気楼のようにくずれさったとき、いったいあとに何が残るのだ。その夢がうつくしければうつくしかっただけに、それが悪夢と化してすぎさったあとの、灰をかむようなわびしさに思いおよんで、金田一耕助の胸はえぐられるのだ。

「静よ、静よ。なぜ死んだ。おれをのこしてなぜ死んだんだ。静……静……」

号泣する志賀泰三の声が、いまもなお耕助の耳にかようてくる。

「金田一さん、金田一さん、見つけましたよ。ほら、このペダル……」

崖のしたから磯川警部が、ふとい猪首にじっとり汗をにじませてあがってきた。

「ああ、そう、それじゃあやっぱりここで自転車がころんだんですね。警部さん」

「はあ」

「それじゃ刑事さんたちにもう少しこのへんから、崖の下をさがしてもらってください。そしてどのようなものにしろ、およそ人間の身につけるようなものを発見したら、だいじに持ってかえるようにって」

「はあ、承知しました」

磯川警部がそのへんにちらばっている私服たちに、金田一耕助のことばをつたえおわるのを待って、

「警部さん、それじゃわれわれはひとあしさきに、沖の小島へかえりましょう。あるき

ながら話すことにしようじゃありませんか」

「はあ、話してください。わたしにはだんだんわけがわからなくなってきた」

適当の湿度をふくんだこころよい微風が、金田一耕助の蓬髪《ほうはつ》をそよがせ、袂や袴をばたつかせる。三人はしばらく黙々として歩いていたが、やがて耕助はうるんだような眼をあげて、そばを歩いていく磯川警部をふりかえった。

「ねえ、警部さん、推理のうえで犯人を組み立てることはやさしいが、じっさいにそれを立証するということはむつかしいですね。ことに新刑法では本人の自供は大して意味がなく、物的証拠の裏付けがたいせつなんですが、この事件のばあい、完全に証拠を蒐集しうるかどうか」

「それは、しかし、なんとかわれわれが努力して……」

「はあ、ご成功をいのります。それではだいたいこんどの事件の骨格をお話することにいたしましょう」

金田一耕助はなやましげな視線を蜃気楼島の蜃気楼にむけて、

「さっきの話でもおわかりのとおり、志賀夫人は昨夜あそこにいなかったんです。少なくとも十一時半から十二時ごろまで、すなわち、樋上四郎があの座敷にがんばっているあいだ、奥さんがあそこにいなかったことはたしかですね。では、奥さんはどこにいたのか、おそらく対岸の町にいたのでしょう。そして、犯行の時刻を十一時ごろとみて矛盾がないとすれば、奥さんはむこうの町で殺されたんですね」

磯川警部はギクッとしたように眼をみはり、耕助の顔を視なおした。

「金田一さん、そ、それはほんとうですか」

「はあ、これはもう完全にまちがいないと思います。なぜといってさっきお眼にかけたあの腕輪は、ランチのなかで発見されたのだから。その点についてはおじさんも証人になってくれると思います」

久保銀造は無言のままおもおもしくうなずいた。

「しかし、志賀夫人はなぜまた誰にも内緒で町へ出かけたんです」

「それはおそらく村松医師から脅喝的に、おびきよせられたんでしょう。奥さんとしては滋《しげる》という男との昔の関係を、良人にしられたくなかった。そこへ村松医師がつけこんだんですね。葬式のまえにひとめでもよいから、滋の死に顔にあってやってくれ……とかなんとか、そんなふうに持ちかけられたら、奥さんとしてはいやとはいえなかったんでしょう。良人の激情的な性質をしっているだけにね」

「しかし、村松という男はゆうべお通夜の席の満座のなかで、志賀夫人と滋のなかをばらしているじゃありませんか」

「だから、警部さん、これは非常に計画的な犯罪なんですよ。村松医師がそのことをばらしたときには、志賀夫人はすでに殺害されていたにちがいない。そして、志賀泰三氏の性格をしりすぎるほどしっている村松医師は、この暴露がどのように志賀氏を動揺させるか、満座のなかで志賀氏がどのように狂態を演じるかを、あらかじめ計算にいれていたにちがいない。それによって志賀泰三氏の激情による犯罪であろうと、一般に信じこませようという周到な用意なんですね」

「それでは、金田一さん、志賀夫人を町へよびよせたのは、はじめから殺害する目的なんですか」

「もちろん、そうです。それと同時にその罪を志賀泰三氏におっかぶせようという、世にも陰険な計画なんです」

「金田一さん！」

磯川警部は声をうわずらせて、

「話してください。もっと詳しく話してください。どうしてそういう悪辣きわまる計画が、かくもみごとに演出できたか。……いや演出されようとしたか。……われわれはてっきり志賀氏の情熱的犯行とおもいこんでいたんですからね」

「はあ。お話しましょう」

金田一耕助はまたなやましげな眼を蜃気楼島にむけて、

「村松医師から脅喝された志賀夫人は、ゆうべ寝室へさがったと見せかけて、黒のスーツに身をやつし、自転車に乗って桟道からひそかに対岸の町へ出向いていった。そして、そこで殺害されたのだが、じっさいに手をくだしたのは村松医師か倅の徹《とおる》か……そこまではぼくにもわかりませんが……」

「き、金田一さん！」

と、警部はギョッと耕助の顔をふりかえって、

「そ、それじゃ父子共謀だとおっしゃるんですか」

「ええ、もちろんそうです。徹という男はこの事件で非常に大きな役割を演じてるんですよ。かれはまずきのうの夕刻沖の小島まで志賀氏を迎えにいっている。何もわざわざ志賀氏を迎えにいく必要はなかったんですが、かれが迎えにいかないと、佐川春雄という少年がランチの運転手としてついてくる。それではかれらの計画にとって都合がわるいので、何《いず》れ用事をこしらえて志賀氏を迎えにいき、みずからランチを運転してかえってきたんです。おそらくこのとき志賀夫人にきっと待っているからと、いっぽん釘をさしておいたにちがいない。さて志賀夫人がやってくると、これを殺して裸にして、ランチのなかの腰掛けのしたへかくしておいたんです」

「ランチのなかの腰掛けのしたあ？」

磯川警部は眼をまるくする。

「ええそうです。あのランチの腰掛けのしたは箱になってるんですが、そこにいちじ死体をかくしてあったことは、綿密に検査すれば証明できると思います。犯人は箱のなかを洗ったようですが、下《しも》から相当出血があったとすれば、まだ血痕がのこっているかもしれないし、汚物の跡なども検出できると思います」

磯川警部はつよく息を吸って大きくうなずく。

「それにこの腰掛けの蓋の裏に毛髪がくっついたのを取っておきましたから、あとでお

わたしいたしましょう。この毛髪についてはこのおじさんと佐川少年が証人になってくれましょうし、これを志賀夫人の毛髪と比較することによって、夫人の死体……いや、すくなくとも夫人のからだがいっとき、あの箱のなかにあったことが証明できましょう。それからあの腕輪もランチのなかで発見したんですが、犯人がこれを見おとしたというのは致命的な失敗でしたね。おそらく犯人はそのような腕輪を、夫人が肌身はなさず身につけているということをしらなかったんですね。ですから夫人を裸にするとき、腕輪がはずれて腰掛けのうえへおちたのに気がつかなかった。だから、腰掛けの蓋をひらいたとき、腕輪が板壁のほうへすべっていって、腰掛けと板壁とのあいだのすきまに落ちこんだのを、ぜんぜんしらなかったんですね。犯人にとってはこれほど大きな失敗はありません。ぼくだってこの腕輪を発見しなかったら、完全に犯人の術中におちいっていたことでしょうからね」

十二

金田一耕助はここでポツンと言葉をきると急にぞくりと肩をふるわせた。それはかならずしも黄昏《たそがれ》どきの浜風が身にしみたせいではない。ある恐ろしい連想がかれの心をつめたくなでていったのだ。

久保銀造もそれに気づくと、にわかに大きく眼をみはり、

「耕さん、耕さん、それでいったいあの死体は、いつ沖の小島へはこばれたんだね。ひょっとするとわれわれといっしょに……」

「そうです、そうです、おじさん。そのときよりほかにチャンスはないわけですからね。かってにランチをうごかせば怪しまれるし、沖の小島でもランチの音をきけばすぐ気がつきます。だから、おじさん、ゆうべ志賀さんが泣きふしたあの腰掛けのしたに、奥さんの死体がよこたわっていたわけですよ」

「畜生！」

銀造老人は歯ぎしりをし、磯川警部はいまさらのように犯人、あるいは犯人たちのだいたんといおうか、冷血無残といおうか、ひとなみはずれたやりかたに、つめたい戦慄を禁ずることができなかった。

「さて、ランチが沖の小島へついて死体を寝室へはこびこむ段取りになるわけですが、ここでかりに志賀泰三氏を容疑者としてかんがえてみましょう。あのひとも夫人が殺害されたころ、対岸の町にいたわけですからね。だけど、あの死体の状態をみれば泰三氏は容疑者から除外してもよいと思う」

「死体の状態というと……？」

「犯人はね、殺人はあの部屋でおこなわれたと見せかけたかったんです。つまり奥さんはあそこで絞め殺されたと思わせようとしたんですね。だから、それには死体に寝間着を着せておくほうがよりしぜんですね。ところがその寝間着は敷き蒲団のしたにしかれていたので、犯人には見つからなかったんです。ところがこれが志賀さんなら、いつも閨房をともにしているんだから、奥さんのそういう習慣をしってたはずです。だから、これは志賀さんではなく、のこるひとりの徹のしわざだということになる。徹は寝間着が見つからなかったので、せめて腰巻きだけでもと、奥さんが出かけるとき、脱いでおかれた腰巻きをさせておいたんです」

陽はもう西にしずんで、名残りの余光が空にうかんだ鰯雲《いわしぐも》をあたたかく染めだしている。波間にうかぶ蜃気楼は一部分まだ残照にかがやいているが、その他の部分はもうすでにまゆずみ色のたそがれのなかに沈んでいる。風が少し出てきたようだ。

「ところで金田一さん、あの自転車はどうしたんですか。誰があの自転車をかえしにきたんです」

「ああ、そうそう、自転車のことがありましたね。警部さん、犯人、あるいは犯人たちはなぜ死体を裸にしなければならなかったか。それにはいろいろ理由があると思うんです。まず衣裳をつけたままじゃあの箱のなかへ押し込みにくかったこと。志賀夫人がきのう洋装の外出着を身につけたということを、だれにもぜったいにしられたくなかったこと。……それらも重大な理由ですが、もうひとつ、その衣裳が共犯者にとって必要だったんじゃないかと思う」

「衣裳が必要とは……？」

「自転車をかえしにいく人物がそれを身につけていったのではないか。……とちゅうでひとに見られても、志賀夫人だと思わせるために」

「耕さん！」

銀造老人のかみつきそうな調子である。それこそ怒り心頭に発するさけび声であった。

「そ、そ、それじゃ自転車をかえしにきたのは、田鶴子という娘だと……」

「おじさん、田鶴子はゆうべ階段からすべって折ったといって腕をつってましたね。しかし、あれはじじつではなく、あそこの崖から自転車ごと二メートルほど下の岩のうえまで顚落して、そのとき腕を折ったんじゃないでしょうか。男たちはアリバイをつくるために、お通夜の席からあまりながくはなれたくなかった。そこでいちばん時間のかかる自転車をかえすという仕事、それは田鶴子にわりふられていたんじゃないでしょうか」

「金田一さん、金田一さん」

磯川警部の声ははずんでいた。

「それじゃ、一家全部で……？」

「そうです、そうです。おそらく村松夫人も参画していたと思う」

「耕さん、耕さん、参画どころじゃあないよ。きっとあのかかあが主謀だよ」

「おじさん、そう偏見にとらわれちゃあ……」

「偏見じゃないよ、耕さん。わしは断言する。これはあの女のかんがえだしたことにちがいないと……」

銀造老人の言葉はあたっていた。

磯川警部の活動によって、つぎからつぎへと有力な証拠があげられ、村松家の四人が検挙されたとき、かれらもそれを認め、世人を戦慄させたものである。

「しかし、金田一さん、動機はなんです。いったいなんのためにそんな恐ろしい……」

「警部さん、ごらんなさい。あのうつくしい蜃気楼を……」

金田一耕助はなやましげな眼をあげて、刻々として黄昏の夕闇のなかにしずんでいく、蜃気楼を視やりながら、

「あの連中にとってあの蜃気楼はそれだけのねうちがあったんです。静子さんは志賀さんのたねをはらんでいた。だから、子供がうまれるまえに殺す必要があったんです。そしてその罪を志賀さんにおっかぶせてしまえば、あれだけの財産がどこへころげこむかということを考えればね」

金田一耕助は溜め息をついて、

「しかし、かれらはおそらくそうはかんがえていないでしょう。滋をうらぎった女、滋から愛人をうばった男、そのふたりに復讐したのだと考えているかもしれません。そのほうが良心の痛みもすくなく、自己満足できるでしょうからね。だから、この事件の動機はなかなか複雑だと思うんです。成功者にたいする羨望、看護婦から島の女王に出世した婦人にたいする嫉妬、そういうもやもやとした感情が、滋の告白をきいたせつな爆発したんですね。ですけれど、ぼくはやはりこれを貪欲《どんよく》の犯罪だと思いますよ」

しばらくおもっくるしい沈黙がつづいたのち、銀造老人が思い出したように口をひらいた。

「しかし、耕さん、あの義眼は……？」

「ああ、そうそう」

耕助も思い出したように、

「あの義眼については婆あさん、志賀さんが義眼をくりぬいてかえって、それをつきつけて奥さんを責めてるうちに、嫉妬にくるって絞め殺したんだといってましたね。ぼくはそう思わせるために、徹がぬきとっていったんじゃあないかと考えてみたんですが、それにしては、義眼が死体のそばにあったと聞いたときの、あの連中のおどろきかたは大きかったですね。いったい、計画的な犯罪のばあい、それが計画的であればあるほど、計画以外の事態がおこると、犯人はとっても不安をかんじるようです。こんどのばあいもそれで、あの義眼のことは犯人の計画になかったこと……すなわち、あれを抜きとっていったのは、犯人あるいは共犯者ではなく志賀さんではなかったか。なんのために志賀さんがそんなことをしたのか、これは志賀さんじしんにきいてみなければわかりませんが……」

それについて志賀泰三はのちにこう説明をくわえている。

「わたしは結婚まえの滋と静子との関係はしっていたんだ。しかし、そんなことはわたしの眼中になかった。わたしはきっとじぶんの愛情と誠意で、静子の心をとらえ、じぶんに惚れさせてみせるという自信があったし、また、じじつそのとおりになったんだ。だから、そのことを……結婚まえの滋との関係をしっていて許しているということを、静子にいっておけばよかったと思う。ところが静子はそれをしらないものだから、いつも心を苦しめていたようだ。それがふびんでならないものだから、滋が死亡したのを機会に、なにもかも打ち明けて許してやろうと思った。と、同時に昔の恋人にわかれをつげさせてやりたいとも思ったんだ。とはいえ、滋の体をこっそり持ってかえるわけにはいかんので、滋の体の一部分として義眼をくりぬいて持ってかえったんだ。それを滋の亡骸としてわかれをつげさせたうえ、なにもかもしっていて許していたということをいってやりたかったんだ。義眼のほうは葬式のとき持参して、滋にかえすつもりでいた。ところが、お通夜の席上の、しかも満座のなかで、とつぜん村松が滋と静子の関係をぶちまけた。それのみならず結婚後もふたりの関係がつづいており、静子の腹の子もひょっとすると滋のタネではないかなどと、とほうもないことをいいだしたので、わたしはもうすっかり混乱してしまったんだ。混乱したというのは静子をうたがったからではない。そんな馬鹿なことがあるべきはずのないことはよくしっていたが、村松がなぜまたそんなことをいいだしたのか、その真意がのみこめなかったからおどろいたんだ。ところが、そこへ村松の細君がアメリカでわたしが妻を殺したようなことをいいだして、こんどはそんなことをしちゃあいけないなどと忠告めいたことをいいだすにおよんで、わたしははっとこの夫婦、じぶんに静子を殺させようとしているのではないか。……と、そんな気がしたんだ。わたしはそれまであの夫婦をとても信頼していただけに、混乱と動揺が大きかったわけだ。静子はまえからあの夫婦には、あまり心を許さないようにといってたが……静子……静子……おまえもしかしあの連中が、じぶんの命までねらっているとはしらなかったんだなあ」

磯川警部はよくやった。

かれはまず犯行の現場として村松家の物置きに目をつけたが、このカンが的中したのだ。この物置きのがらくたのなかから、静子の耳飾りのかたっぽうが発見されるに及んで、村松医師も恐れいったのである。

村松医師もいざとなるとさすがに気おくれしたが、それをそばから叱咤し、けしかけたのが夫人の安子《やすこ》だと聞いて、ひとびとは戦慄せずにはいられなかった。安子夫人はこういったという。

「あなた、なにをぐずぐずしてるんです。あれだけ大きな財産がころげこもうというのに、そんな気の弱いことでどうするんです」

この鬼畜のような夫婦にとりおさえられて、恐怖のあまりあわれな静子はそのときすでになかば意識をうしなっていたので、声をたてることもできなかったのである。

死体はすぐ裏の海に待ちかまえている徹のボートへおろされた。徹はそれをあのランチのなかへはこんでいったのだが、それからあとのことは金田一耕助の推理のとおりである。

志賀泰三はそののちまもなく蜃気楼をひきはらって、樋上四郎とともにふたたびアメリカへわたることになった。ふたりが横浜から出発するとき、金田一耕助も突堤まで、久保銀造とともに送ってやった。

四人の手に握られたテープが切れて、わびしげに手をふるあの廃残の二老人のすがたが、しだいに甲板のうえで小さくなっていくのを見たとき、久保銀造は老いの眼をしばたたき、金田一耕助もしみじみと、運命というものに思いをはせずにはいられなかった。

解説

中島河太郎

「びっくり箱殺人事件」は著者のおびただしい作品群のなかでも、もっとも異彩を放っている。著者の作風に馴染《なじ》んで来た読者は、この一風変わった作品に著者の新たな側面を発見されるに違いない。

本編は昭和二十三年一月から九月まで、読売新聞社発行の雑誌「月刊読売」に連載された。戦争中雌伏を余儀なくされた著者が、戦後いち早く探偵小説復興の先頭に立ったことは、くり返し述べているから、ほとんどの読者は承知しておられるだろう。

二十一年には「本陣殺人事件」と「蝶々殺人事件」の本格長編を並行して執筆し、他に十数編の短編と数編の捕物があった。二十二年には「獄門島」の連載の他に、十の中短編、十数編の捕物がある。長年蓄えられていたものが、一時に堰《せき》を切ったように迸《ほとばし》った感じだが、その頃の著者の心構えを伝える文章がある。それは「一九四八年度の課題」と題して、まず江戸川乱歩が創作の筆を執ること、大下宇陀児・角田喜久雄・木々高太郎の仕事ぶりがまだ本領を発揮するに至らぬから一段の飛躍を望んでいること、坂口安吾の「不連続殺人事件」に期待していることなどを述べて、既成作家と新人の成果

同僚作家に十分に満足の意を表していないのは、当然自戒の意が含まれていた。「自分はまだまだ本格探偵小説に魅力があり、読むのも書くのも、一番それに興味をかんじているが、しかし、探偵小説はそれでなければならぬなどと、偏狭なことはいわないつもりである。各人おのれの好むところを掘り下げていってこそ、探偵小説壇は豊富となり、やがて百花リョーランと花咲くだろう。自分はそれをこそ期待している。」（昭和二十三年一月、探偵作家クラブ会報）といって、

それぞれの花ありてこそ野は愉《たの》し

の句が添えてある。著者は本格物への執着を語ってはいるが、それは決して融通のきかぬものではなかった。「獄門島」の傍《かたわ》ら本編に着手したのも、本格の幹に多種多様の花を咲かせようという試みからであった。

著者はこの年の八月に岡山県から東京に還ってきた。二十年の大空襲以後、すぐれた本格長編の舞台となった中国地方に移ってから、上京したことはなかったのに、本編では丸の内の劇場梟《ふくろう》座《ざ》での奇々怪々の連続殺人事件を扱っている。

時代が時代だけに、パンパンガール、裏口営業、カストリ、ジコーソンなどの昔を偲《しの》ばせることばがあるが、ジコーソンは璽光尊という新興宗教の教祖がよく話題にのぼっていたから、借用したのだろう。

とにかく著者は混沌とした状勢のなかで、再建の機運が至るところに漲《みなぎ》っていた東京

の、荒っぽさに包まれた逞《たくま》しい生の悲喜劇を選んだ。登場人物には工夫がこらされていて、元活弁、現在芸能人並びに作家を看板にしている深山幽谷をはじめ、蘆原小群以下の怪人物をとり揃えている。

個性を発揮して譲らぬ芸能人たちが、大入りの成果をあげたにもかかわらず、とうとう余計な殺人劇の幕まであげてしまったのだから、あるいは起るべきものが起ったといえるかもしれない。

すべてカリカチュアライズされた言動のうわべだけを見ると、ドタバタ活劇らしく思われるが、きちんと筋が通って、伏線、小道具にも抜かりがなく、真犯人暴露まで本格的構成をとっている。ユーモラスな色調を基盤にしたため、金田一耕助はさすがに遠慮しているが、東京の事件ではお馴染の等々力警部の名が出てくるが、別に同名異人かどうかを詮索するまでもなかろう。

昭和二十四年十二月三十日の夜、歳忘れ文士劇の名目で、鎌倉ペンクラブと探偵作家クラブ（日本推理作家協会の前身）との対抗放送劇が、ＪＯＡＫで試みられた。探偵作家クラブでは本編を原作として脚本化し、新旧探偵作家が出演した。

会長江戸川乱歩が深山幽谷を、木々高太郎が蘆原小群、城昌幸が顎十郎、副会長大下宇陀児《むら》が細木原、書記長高木彬光が野崎六助を受持った。あいにく女流作家払底《ふってい》の時代だから、宮野叢子が紅花子の役に当り、柳ミドリには当時「二十の扉」で親しまれていた柴田早苗の援助を頼む始末であった。

なにしろ二十分のドラマに十五名の出演者だから、たった一言しかしゃべらない人がいたり、楠田匡介のように「うーむ!」と唸り声を出しただけという役まで出来てしまった。水谷準・香山滋・島田一男・山田風太郎らも参加しているが、この頃はまだこんなお遊びにも皆熱中していた。現在のせわしさからは想像もつかぬ、のんびりした時代であった。肝臀の著者が顔を見せなかったのは、宿痾《しゅくあ》を再発して安静療養中で、帰京後の執筆過労のため、「八つ墓村」など休載している。

著者が帰京すると、九月の探偵作家クラブの例会では、初めてお会いする会員が多いので、講話を頼んだが具合が悪くて駄目、十月はわざわざ著者の住居の成城に会場を移すことにしたが、それも実現しなかった。私がはじめてお会いしたのは、二十四年六月の海野十三の追悼会の席上だった。

地方住まいの不利と、本復しない病気と闘いながら、絶えず戦後の探偵文壇をリードする重量級の作品を、つぎつぎに発表された不退転の意志は、本格探偵小説のわが国への基礎造りに集注していた。しかも手練れた作法に安住せず、本編のような新しい試みに、敢然と取り組んだ幅広い情熱に敬意を表せずにはおれぬものがある。

「蜃気楼島の情熱」は昭和二十九年九月の「オール讀物」に発表された。

「本陣殺人事件」ですでに紹介されたパトロン久保銀造を、久しぶりに訪ねた金田一は、久保の知人で同じくアメリカ帰りの男の住む島に、案内して貰うことになった。

その島には摩訶《まか》不思議な建造物が聳え立っているので、話題になっているというが、耕三寺のある島から思いつかれたものであろう。その建造主の度を越した愛妻家ぶりと、かつて先妻を殺されたことがあり、その殺害者が現在この家に厄介になっているのを見聞した金田一は、早くも胸騒ぎを覚える。

その予感は見事に的中して、この不幸な男はまたもや愛妻を殺されたため、はからずも派遣されたお馴染の磯川警部と再会する。

手のこんだ状況設定により、誰もが一つの解釈しかできぬように仕組まれているのだが、例によって金田一のこまかい観察と分析は、通り一遍の解釈では納得できない。いろんな材料が集まれば集まるほど、彼の頭脳はそれらを矛盾のないよう配置するために有効に働く。

著者は単行本収録に際して筆を加えて、ランチを運転する白小袖に袴をはいた少年に、佐川春雄の名前を与えて自転車の証言をさせたり、犯行動機の説明などを詳しくしている。

常軌を逸した妻への愛情が二度も悲運を招いた男への同情を禁じ得ないが、その愛情を見抜いて、陰湿な罠が巧みに仕掛けられたのだ。犯人と手のこんだ犯行手段に工夫がこらされて、貪欲《どんよく》の犯罪のすさまじさをまざまざと見せつけられるのだ。

本書は、昭和五十年一月に小社より刊行した文庫を改版したものです。なお本文中には、せむし、跛、気ちがい、パンパン、片輪、やぶにらみ、よいよい、情夫、混血児、みなし児など、今日の人権擁護の見地に照らして、不適切と思われる語句や表現がありますが、作品全体として差別を助長するものではなく、また、著者が故人である点も考慮して、原文のままとしました。

（編集部）

びっくり箱《ばこ》殺《さつ》人《じん》事《じ》件《けん》

横《よこ》溝《みぞ》正《せい》史《し》

昭和50年 1月10日　初版発行
令和4年 1月25日　改版初版発行

発行者●堀内大示

発行●株式会社KADOKAWA
〒102-8177　東京都千代田区富士見2-13-3
電話　0570-002-301（ナビダイヤル）

角川文庫 23008

印刷所●株式会社暁印刷
製本所●本間製本株式会社

表紙画●和田三造

●お問い合わせ
https://www.kadokawa.co.jp/（「お問い合わせ」へお進みください）
※内容によっては、お答えできない場合があります。
※サポートは日本国内のみとさせていただきます。
※Japanese text only

ISBN 978-4-04-112352-2　C0193

角川文庫発刊に際して

角川源義

第二次世界大戦の敗北は、軍事力の敗北であった以上に、私たちの若い文化力の敗退であった。私たちの文化が戦争に対して如何に無力であり、単なるあだ花に過ぎなかったかを、私たちは身を以て体験し痛感した。西洋近代文化の摂取にとって、明治以後八十年の歳月は決して短かすぎたとは言えない。にもかかわらず、近代文化の伝統を確立し、自由な批判と柔軟な良識に富む文化層として自らを形成することに私たちは失敗して来た。そしてこれは、各層への文化の普及滲透を任務とする出版人の責任でもあった。

一九四五年以来、私たちは再び振出しに戻り、第一歩から踏み出すことを余儀なくされた。これは大きな不幸ではあるが、反面、これまでの混沌・未熟・歪曲の中にあった我が国の文化に秩序と確たる基礎を齎らすためには絶好の機会でもある。角川書店は、このような祖国の文化的危機にあたり、微力をも顧みず再建の礎石たるべき抱負と決意とをもって出発したが、ここに創立以来の念願を果すべく角川文庫を発刊する。これまで刊行されたあらゆる全集叢書文庫類の長所と短所とを検討し、古今東西の不朽の典籍を、良心的編集のもとに、廉価に、そして書架にふさわしい美本として、多くのひとびとに提供しようとする。しかし私たちは徒らに百科全書的な知識のジレッタントを作ることを目的とせず、あくまで祖国の文化に秩序と再建への道を示し、この文庫を角川書店の栄ある事業として、今後永久に継続発展せしめ、学芸と教養との殿堂として大成せんことを期したい。多くの読書子の愛情ある忠言と支持とによって、この希望と抱負とを完遂せしめられんことを願う。

一九四九年五月三日

角川文庫ベストセラー

人面瘡
金田一耕助ファイル6
横溝正史

「わたしは、妹を二度殺しました」。金田一耕助が夜半遭遇した夢遊病の女性が、奇怪な遺書を残して自殺を企てた。妹の呪いによって、彼女の腋の下には人面瘡が現れたというのだが……表題他、四編収録。

夜歩く
金田一耕助ファイル7
横溝正史

古神家の令嬢八千代に舞い込んだ「我、近く汝のもとに赴きて結婚せん」という奇妙な手紙と佝僂の写真は陰惨な殺人事件の発端であった。卓抜なトリックで推理小説の限界に挑んだ力作。

迷路荘の惨劇
金田一耕助ファイル8
横溝正史

複雑怪奇な設計のために迷路荘と呼ばれる豪邸を建てた明治の元勲古館伯爵の孫が何者かに殺された。事件解明に乗り出した金田一耕助。二十年前に起きた因縁の血の惨劇とは？

女王蜂
金田一耕助ファイル9
横溝正史

絶世の美女、源頼朝の後裔と称する大道寺智子が伊豆沖の小島……月琴島から、東京の父のもとにひきとられた十八歳の誕生日以来、男達が次々と殺される！開かずの間の秘密とは……？

幽霊男
金田一耕助ファイル10
横溝正史

湯を真っ赤に染めて死んでいる全裸の女。ブームに乗って大いに繁盛する、いかがわしいヌードクラブの三人の女が次々に惨殺された。それも金田一耕助や等々力警部の眼前で——！

角川文庫ベストセラー

金田一耕助ファイル11　首　横溝正史

滝の途中に突き出た獄門岩にちょこんと載せられた生首。まさに三百年前の事件を真似たかのような凄惨な村人殺害の真相を探る金田一耕助に挑戦するように、また岩の上に生首が……事件の裏の真実とは？

金田一耕助ファイル12　悪魔の手毬唄　横溝正史

岡山と兵庫の県境、四方を山に囲まれた鬼首村。この地に昔から伝わる手毬唄が、次々と奇怪な事件を引き起こす。数え唄の歌詞通りに人が死ぬのだ！　現場に残される不思議な暗号の意味は？

金田一耕助ファイル13　三つ首塔　横溝正史

華やかな還暦祝いの席が三重殺人現場に変わった！　宮本音禰に課せられた謎の男との結婚を条件とした遺産相続。そのことが巻き起こす事件の裏には……本格推理とメロドラマの融合を試みた傑作！

金田一耕助ファイル14　七つの仮面　横溝正史

あたしが聖女？　娼婦になり下がり、殺人犯の烙印を押されたこのあたしが。でも聖女と呼ばれるにふさわしい時期もあった。上級生りん子に迫られて結んだ忌わしい関係が一生を狂わせたのだ――。

金田一耕助ファイル15　悪魔の寵児　横溝正史

胸をはだけ乳房をむき出し折り重なって発見された男女。既に女は息たえ白い肌には無気味な死斑が……情死を暗示する奇妙な挨拶状を遺して死んだ美しい人妻。これは不倫の恋の清算なのか？